Juan Valera

El comendador Mendoza

Barcelona **2024**
Linkgua-ediciones.com

Créditos

Título original: El comendador Mendoza.

© 2024, Red ediciones S.L.

e-mail: info@linkgua.com

Diseño de cubierta: Michel Mallard.

ISBN tapa dura: 978-84-1126-363-4.
ISBN rústica: 978-84-9816-320-9.
ISBN ebook: 978-84-9897-205-4.

Sumario

Brevísima presentación

La vida

Juan Valera (18 de octubre de 1824, Cabra). España.

Era hijo de José Valera y Viaña, oficial de la Marina, y de Dolores Alcalá-Galiano y Pareja, marquesa de la Paniega. Tuvo dos hermanas, Sofía y Ramona y un hermanastro: José Freuller y Alcalá-Galiano.

Su padre vivió de joven en Calcuta y adoptó posiciones liberales. Por ello fue removido de su puesto. Tras la muerte de Fernando VII en 1834, el nuevo gobierno liberal fue rehabilitado y se le nombró comandante de armas de Cabra y después gobernador de Córdoba.

La madre se opuso a que Juan Valera siguiera la carrera militar. Este estudió Lengua y Filosofía en el seminario de Málaga entre 1837 y 1840 y en el colegio Sacromonte de Granada, en 1841. Luego estudió Filosofía y Derecho en la Universidad de Granada, donde se graduó en 1846.

En 1844 publicó primer libro de poemas. Leyó mucha poesía, y en particular a José de Espronceda, y a los clásicos latinos: Catulo, Propercio y Horacio. Hacia 1847 empezó a ejercer la carrera diplomática en Nápoles junto al embajador Ángel de Saavedra, duque de Rivas. Vuelto a Madrid, frecuentó las tertulias y los círculos diplomáticos a fin de conseguir un puesto como funcionario del Estado.

Así viajó por Europa y América. En Lisboa empezó su amor por la cultura portuguesa y el iberismo político. De regreso a España, empezó a escribir y publicar ensayos en 1853 en la *Revista Española de Ambos Mundos*; en 1854 fracasó en un intento de ser diputado, y por entonces estuvo en los consulados de España en Frankfurt y Dresde con el cargo de secretario de embajada.

Hacia 1857 se fue seis meses con el duque de Osuna a San Petersburgo; polemizó con Emilio Castelar en *La Discusión*, y escribió su ensayo *De la doctrina del progreso con relación a la doctrina cristiana*. Asimismo, tras ser elegido diputado por Archidona en 1858, escribió en numerosas revistas como redactor, colaborador o director.

El 5 de diciembre de 1867 se casó en París con Dolores Delavat, veinte años más joven y natural de Río de Janeiro, y tuvo tres hijos: Carlos Valera, Luis Valera y Carmen Valera, nacidos en 1869, 1870 y 1872.

Durante la Revolución española de 1868 fue un cronista de los hechos y escribió los artículos «De la revolución y la libertad religiosa» y «Sobre el concepto que hoy se forma de España».

Juan Valera fue elegido senador por Córdoba en 1872 y en ese mismo año fue director general de Instrucción pública; en 1874 publicó su obra más célebre, *Pepita Jiménez* y, en esa época, conoció a Marcelino Menéndez Pelayo, con quien hizo gran amistad.

En 1895 perdió casi por completo la vista, se jubiló y volvió a Madrid; allí publicó *Juanita la Larga* (1895), y *Morsamor* (1899); frecuentó diversas tertulias y tuvo una en su propia casa.

Valera fue elegido miembro de la Academia de Ciencias Morales y Políticas en 1904. Murió en Madrid el 18 de abril de 1905 y fue enterrado en la sacramental de San Justo.

Sus restos fueron exhumados en 1975 y llevados al cementerio de Cabra.

El comendador Mendoza (1876), es un personaje peculiar, abuelo de Faustino y habitante de Villabermeja en el siglo XVIII, que evita con su carisma que Clara, otro de los personajes de la novela, sea monja y consigue que ésta se una a su amado Carlos.

A la excelentísima señora doña Ida de Bauer

Nunca, estimada señora y bondadosa amiga, soñé con ser escritor popular. No me explico la causa, pero es lo cierto que tengo y tendré siempre pocos lectores. Mi afición a escribir es, sin embargo, tan fuerte, que puede más que la indiferencia del público y que mis desengaños.

Varias veces me di ya por vencido y hasta por muerto; mas apenas dejé de ser escritor, cuando reviví como tal bajo diversa forma. Primero fui poeta lírico, luego periodista, luego crítico, luego aspiré a filósofo, luego tuve mis intenciones y conatos de dramaturgo zarzuelero, y al cabo traté de figurar como novelista en el largo catálogo de nuestros autores.

Bajo esta última forma es como la gente me ha recibido menos mal; pero aun así, no las tengo todas conmigo.

Mi musa es tan voluntariosa, que hace lo que quiere y no lo que yo le mando. De aquí proviene que, si por dicha logro aplausos, es por falta de previsión.

Escribí mi primera novela sin caer hasta el fin en que era novela lo que escribía.

Acababa yo de leer multitud de libros devotos.

Lo poético de aquellos libros me tenía hechizado, pero no cautivo. Mi fantasía se exaltó con tales lecturas, pero mi frío corazón siguió en libertad y mi seco espíritu se atuvo a la razón severa.

Quise entonces recoger como en un ramillete todo lo más precioso, o lo que más precioso me parecía, de aquellas flores místicas y ascéticas, e inventé un personaje que las recogiera con fe y entusiasmo, juzgándome yo, por mí mismo, incapaz de tal cosa. Así brotó espontánea una novela, cuando yo distaba tanto de querer ser novelista.

Después me he puesto adrede a componer otras, y dicen que lo he hecho peor.

Esto me ha desanimado de tal suerte, que he estado a punto de no volver a escribirlas.

Entre las pocas personas que me han dado nuevo aliento descuella usted, ora por la indulgencia con que celebra mis obrillas, ora por el valor que los elogios de usted, si prescindimos por un instante de la bondad que los inspira, deben tener para cuantos conocen su rara discreción, su delicado gusto y el hondo y exquisito sentir con que percibe todo lo bello.

Aunque yo no hubiese seguido de antemano la sentencia de aquel sabio alejandrino que afirmaba que solo las personas hermosas entendían de hermosura, usted me hubiera movido a seguirla, mostrándose luminoso y vivo ejemplo y gentil prueba de su verdad.

No extrañe usted, pues, que, lleno de agradecimiento, le dedique este libro.

Por ir dedicado a usted, quisiera yo que fuese mejor que *Pepita Jiménez*, a quien usted tanto celebra; pero harto sabido es que las obras literarias, y muy en particular las de carácter poético, solo se dan bien en momentos dichosos de inspiración, que los autores no renuevan a su antojo.

En esto como en otras mil cosas, la poesía se parece a la magia. Requiere la intervención del cielo.

Cuentan de Alberto Magno que, yendo en peregrinación de Roma a Alemania, pasó una noche a las orillas del Po, en la cabaña de mi pescador. Agasajado allí muy bien, quiso el doctor probar su gratitud al huésped, y le hizo y le dio un pez de madera, tan maravilloso que, puesto en la red atraía a todos los peces vivos. No hay que ponderar la ventura del pescador con su pez mágico. Cierto día, con todo, tuvo un descuido, y el pez se le perdió. Entonces se puso en camino, fue a Alemania, buscó a Alberto, y le rogó que le hiciera otro pez semejante al primero. Alberto respondió que lo deseaba (también deseo yo hacer otra *Pepita Jiménez*); mas que, para hacer otro pez que tuviese todas las virtudes del antiguo, era menester esperar a que el cielo presentase idéntico aspecto y disposición en constelaciones, signos y planetas, que en la noche en que el primer pez se hizo, lo cual no podía acontecer sino dentro de treinta y seis mil y pico de años.

Como yo no puedo esperar tanto tiempo, me resigno a dedicar a usted El comendador Mendoza.

Este simpático personaje, antes de salir en público, no ya escondido y a trozos, sino por completo y por sí solo, pasa, con la venia de Lucía, a besar humildemente los lindos pies de usted y a ponerse bajo su amparo. Remedando a un antiguo compañero mío, elige a usted por su madrina. No desdeñe usted al nuevo ahijado que le presento, aunque no valga lo que Pepita, y créame su afectísimo y respetuoso servidor.

Juan Valera

El comendador Mendoza

I

A pesar de los quehaceres y cuidados que me retienen en Madrid casi de continuo, todavía suelo ir de vez en cuando a Villabermeja y a otros lugares de Andalucía, a pasar cortas temporadas de uno a dos meses.

La última vez que estuve en Villabermeja ya habían salido a luz Las Ilusiones del doctor Faustino.

Don Juan Fresco me mostró en un principio algún enojo de que yo hubiese sacado a relucir su vida y las de varios parientes suyos en un libro de entretenimiento, pero al cabo, conociendo que yo no lo había hecho a mal hacer, me perdonó la falta de sigilo. Es más: don Juan aplaudió la idea de escribir novelas fundadas en hechos reales, y me animó a que siguiese cultivando el género. Esto nos movió a hablar del comendador Mendoza.

—¿El vulgo —dije yo—, cree aún que el comendador anda penando, durante la noche, por los desvanes de la casa solariega de los Mendozas, con su manto blanco del hábito de Santiago?

—Amigo mío —contestó don Juan—, el vulgo lee ya El Citador y otros libros y periódicos librepensadores. En la incredulidad, además, está como impregnado el aire que se respira. No faltan jornaleros escépticos; pero las mujeres, por lo común, siguen creyendo a pie juntillas. Los mismos jornaleros escépticos niegan de día y rodeados de gente, y de noche, a solas, tienen más miedo que antes de lo sobrenatural, por lo mismo que lo han negado durante el día. Resulta, pues, que, a pesar de que vivimos ya en la edad de la razón y se supone que la de la fe ha pasado, no hay mujer bermejina que se aventure a subir a los desvanes de la casa de los Mendozas sin bajar gritando y, afirmando a veces que ha visto al comendador, y apenas hay hombre que suba solo a dichos desvanes sin hacer un grande esfuerzo de voluntad para vencer o disimular el miedo. El comendador, por lo visto, no ha cumplido aún su tiempo de purgatorio, y eso que murió al empezar este siglo. Algunos entienden que no está en el purgatorio, sito en el infierno; pero no parece natural que, si está en el infierno, se le deje salir de allí para que venga a mortificar a sus paisanos. Lo más razonable y verosímil es que esté en el purgatorio, y esto cree la generalidad de las gentes.

—Lo que se infiere de todo, ora esté el comendador en el infierno, ora en el purgatorio, es que sus pecados debieron de ser enormes.

—Pues, mire usted —replicó don Juan Fresco—, nada cuenta el vulgo de terminante y claro con relación al comendador. Cuenta, sí, mil confusas patrañas. En Villabermeja se conoce que hirió más la imaginación popular por su modo de ser y de pensar que por sus hechos. Sus hechos conocidos, salvo algún extravío de la mocedad, más le califican de buena que de mala persona.

—De todos modos, ¿usted cree que el comendador era una persona notable?

—Y mucho que lo creo. Yo contaré a usted lo que sé de él, y usted juzgará.

Don Juan Fresco me contó entonces lo que sabía acerca del comendador Mendoza. Yo no hago más que ponerlo ahora por escrito.

II

Don Fadrique López de Mendoza, llamado comúnmente el comendador, fue hermano de don José, el mayorazgo, abuelo de nuestro don Faustino, a quien supongo que conocen mis lectores.

Nació don Fadrique en 1744.

Desde niño dicen que manifestó una inclinación perversa a reírse de todo y a no tomar nada por lo serio. Esta cualidad es la que menos fácilmente se perdona, citando se entrevé que no proviene de ligereza, sino de tener un hombre el espíritu tan serio, que apenas halla cosa terrena y humana que merezca que él la considere con seriedad; por donde, en fuerza de la seriedad misma, nacen el desdén y la risa burlona.

Don Fadrique, según la general tradición, era un hombre de este género: un hombre jocoso de puro serio.

Claro está que hay dos clases de hombres jocosos de puro serios. A una clase, que es muy numerosa, pertenecen los que andan siempre tan serios, que hacen reír a los demás, y sin quererlo son jocosos. A otra clase, que siempre cuenta pocos individuos, es a la que pertenecía don Fadrique. Don Fadrique se burlaba de la seriedad vulgar e inmotivada, en virtud de una seriedad exquisita y superlativa; por lo cual era jocoso.

Conviene advertir, no obstante, que la jocosidad de don Fadrique rara vez tocaba en la insolencia o en la crueldad, ni se ensañaba en daño del prójimo. Sus burlas eran benévolas y urbanas, y tenían a menudo cierto barniz de dulce melancolía.

El rasgo predominante en el carácter de don Fadrique no se puede negar que implicaba una mala condición: la falta de respeto. Como veía lo ridículo y lo cómico en todo, resultaba que nada o casi nada respetaba, sin poderlo remediar. Sus maestros y superiores se lamentaron mucho de esto.

Don Fadrique era ágil y fuerte, y nada ni nadie le inspiró jamás temor, más que su padre, a quien quiso entrañablemente. No por eso dejaba de conocer y aun de decir en confianza, cuando recordaba a su padre, después de muerto, que, si bien había sido un cumplido caballero, honrado, pundonoroso, buen marido y lleno de caridad para con los pobres, había sido también un vándalo.

En comprobación de este aserto contaba don Fadrique varias anécdotas, entre las cuales ninguna le gustaba tanto como la del bolero.

Don Fadrique bailaba muy bien este baile cuando era niño, y, don Diego, que así se llamaba su padre, se complacía en que su hijo luciese su habilidad cuando le llevaba de visitas o las recibía con él en su casa.

Un día llevó don Diego a su hijo don Fadrique a la pequeña ciudad, que dista dos leguas de Villabermeja, cuyo nombre no he querido nunca decir, y donde he puesto la escena de mi *Pepita Jiménez*. Para la mejor inteligencia de todo, y a fin de evitar perífrasis, pido al lector que siempre que en adelante hable yo de la ciudad entienda que hablo de la pequeña ciudad ya mencionada.

Don Diego, como queda dicho, llevó a don Fadrique a la ciudad. Tenía don Fadrique trece años, pero estaba muy espigado. Como iba de visitas de ceremonia, lucía casaca y chupa de damasco encarnado con botones de acero bruñido, zapatos de hebilla y medias de seda blanca, de suerte que parecía un Sol.

La ropa de viaje de don Fadrique, que estaba muy traída y con algunas manchas y desgarrones, se quedó en la posada, donde dejaron los caballos. Don Diego quiso que su hijo le acompañase en todo su esplendor. El muchacho iba contentísimo de verse tan guapo y con traje tan señoril y lujoso. Pero la misma idea de la elegancia aristocrática del traje le infundió un sentimiento algo exagerado del decoro y compostura que debía tener quien le llevaba puesto.

Por desgracia, en la primera visita que hizo Don Diego a una hidalga viuda, que tenía dos hijas doncellas, se habló del niño Fadrique y de lo crecido que estaba, y del talento que tenía para bailar el bolero.

—Ahora —dijo don Diego—, baila el chico peor que el año pasado, porque está en la edad del pavo: edad insufrible, entre la palmeta y el barbero. Ya ustedes sabrán que en esa edad se ponen los chicos muy empalagosos, porque empiezan a presumir de hombres y no lo son. Sin embargo, ya que ustedes se empeñan, el chico lucirá su habilidad.

Las señoras, que habían mostrado deseos de ver a don Fadrique bailar, repitieron sus instancias, y una de las doncellas tomó una guitarra y se puso a tocar para que don Fadrique bailase.

—Baila, Fadrique —dijo don Diego, no bien empezó la música.

Repugnancia invencible al baile, en aquella ocasión se apoderó de su alma. Veía una contrariedad monstruosa, algo de lo que llaman ahora una antinomia, entre el bolero y la casaca. Es de advertir que en aquel día don Fadrique llevaba casaca por primera vez: estrenaba la prenda, si puede calificarse de estreno el aprovechamiento del arreglo o refundición de un vestido, usado primero por el padre y después por el mayorazgo, a quien se le había quedado estrecho y corto.

—Baila, Fadrique —repitió don Diego, bastante amostazado.

Don Diego, cuyo traje de campo y camino, al uso de la tierra, estaba en muy buen estado, no se había puesto casaca como su hijo. Don Diego iba todo de estezado, con botas y espuelas, y en la mano llevaba el látigo con que castigaba al caballo y a los podencos de una jauría numerosa que tenía para cazar.

—Baila, Fadrique —exclamó don Diego por tercera vez, notándose ya en su voz cierta alteración, causada por la cólera y la sorpresa.

Era tan elevado el concepto que tenía don Diego de la autoridad paterna, que se maravillaba de aquella rebeldía.

—Déjele usted, señor de Mendoza —dijo la hidalga viuda—. El niño está cansado del camino y no quiere bailar.

16

—Ha de bailar ahora.

—Déjele usted; otra vez le veremos —dijo la que tocaba la guitarra.

—Ha de bailar ahora —repitió don Diego—. Baila, Fadrique.

—Yo no bailo con casaca —respondió éste al cabo.

Aquí fue Troya. Don Diego prescindió de las señoras y de todo.

—¡Rebelde! ¡mal hijo! —gritó—: te enviaré a los Toribios: baila o te desuello; y empezó a latigazos con don Fadrique.

La señorita de la guitarra paró un instante la música; pero don Diego la miró de modo tan terrible, que ella tuvo miedo de que la hiciese tocar como quería hacer bailar a su hijo, y siguió tocando el bolero.

Don Fadrique, después de recibir ocho o diez latigazos, bailó lo mejor que supo.

Al pronto se le saltaron las lágrimas; pero después, considerando que había sido su padre quien le había pegado, y ofreciéndose a su fantasía de un modo cómico toda la escena, y viéndose él mismo bailar a latigazos y con casaca, se rió, a pesar, del dolor físico, y bailó con inspiración y entusiasmo.

Las señoras aplaudieron a rabiar.

—Bien, bien —dijo don Diego—. ¡Por vida del diablo! ¿Te he hecho mal, hijo mío?

—No, padre —dijo don Fadrique—. Está visto: yo necesitaba hoy de doble acompañamiento para bailar.

—Hombre, disimula. ¿Por qué eres tonto? ¿Qué repugnancia podías tener, si la casaca te va que ni pintada, y el bolero clásico y de buena escuela es un baile muy señor? Estas damas me perdonarán. ¿No es verdad? Yo soy algo vivo de genio.

Así terminó el lance del bolero.

Aquel día bailó otras cuatro veces don Fadrique en otras tantas visitas, a la más leve insinuación de su padre.

Decía el cura Fernández, que conoció y trató a don Fadrique, y de quien sabía muchas de estas cosas mi amigo don Juan Fresco, que don Fadrique refería con amor la anécdota del bolero, y que lloraba de ternura filial y reía al mismo tiempo, diciendo mi padre era un vándalo, cuando se acordaba de él, dándole de latigazos, y retraía a su memoria a las damas aterradas, sin dejar una de ellas de tocar la guitarra, y a él mismo bailando el bolero mejor que nunca.

Parece que había en todo esto algo de orgullo de familia. El mi padre era un vándalo de don Fadrique casi sonaba en sus labios como alabanza. Don Fadrique, educado en el lugar y del mismo modo que su padre, don Fadrique cerril, hubiera sido más vándalo aún.

La fama de sus travesuras de niño duró en el lugar muchos años después de haberse él partido a servir al rey.

Huérfano de madre a los tres años de edad, había sido criado y mimado por una tía solterona, que vivía en la casa, y a quien llamaban la chacha Victoria.

Tenía además otra tía, que si bien no vivía con la familia, sino en casa aparte, había también permanecido soltera y competía en mimos y en halagos con la chacha Victoria. Llamábase esta otra tía la chacha Ramoncica. Don Fadrique era el ojito derecho de ambas señoras, cada una de las cuales estaba ya en los cuarenta y pico de años cuando tenía doce nuestro héroe.

Las dos tías o chachas se parecían en algo y, se diferenciaban en mucho.

Se parecían en cierto entono amable y benévolo de hidalgas, en la piedad católica y en la profunda ignorancia. Esto último no provenía solo de que hubiesen sido educadas en el lugar, sino de una idea de entonces. Yo me figuro que nuestros abuelos, hartos de la bachillería femenil, de las cultas latini-parlas y de la desenvoltura pedantesca de las damas que retratan Quevedo, Tirso y Calderón en sus obras, habían caído en el extremo contrario de empeñarse en que las mujeres no aprendiesen nada. La ciencia en la mujer hubo de considerarse como un manantial de perversión. Así es que en los lugares, en las familias acomodadas y nobles, cuando eran religiosas y morigeradas, se educaban las niñas para que fuesen muy hacendosas, muy arregladas y muy señoras de su casa. Aprendían a coser, a bordar y a hacer calceta; muchas sabían de cocina; no pocas planchaban perfectamente; pero casi siempre se procuraba que no aprendiesen a escribir, y apenas si se les enseñaba a leer de corrido en El Año Cristiano o en algún otro libro devoto.

Las chachas Victoria y Ramoncica se habían educado así. La diversa condición y carácter de cada una estableció después notables diferencias.

La chacha Victoria, alta, rubia, delgada y bien parecida, había sido, y continuó siendo hasta la muerte, naturalmente sentimental y curiosa. A fuerza de deletrear, llegó a leer casi de corrido cuando estaba ya muy granada; y sus lecturas no fueron solo de vidas de santos, sino que conoció también algunas historias profanas y las obras de varios poetas. Sus autores favoritos fueron doña María de Zayas y Gerardo Lobo.

Se preciaba de experimentada y desengañada. Su conversación estaba siempre como salpicada de estas dos exclamaciones: «¡Qué mundo éste!» «¡Lo que ve el que vive!». La chacha Victoria se sentía como hastiada y fatigada de haber visto tanto, y eso que sus viajes no se habían extendido más allá de cinco o seis leguas de distancia de Villabermeja.

Una pasión, que hoy calificaríamos de romántica, había llenado toda la vida de la chacha Victoria. Cuando apenas tenía dieciocho años, conoció y amó en una feria a un caballero cadete de infantería. El cadete amó también a la chacha, que no lo era entonces; pero los dos amantes, tan hidalgos como pobres, no se podían casar por falta de dinero. Formaron, pues, el firme propósito de seguir amándose, se juraron constancia eterna y decidieron aguardar para la boda a que llegase a capitán el cadete. Por desgracia, entonces se caminaba con pies de plomo en las carreras, no había guerras civiles ni pronunciamientos, y el cadete, firme como una roca y fiel como un perro, envejeció sin pasar de teniente nunca.

Siempre que el servicio militar lo consentía, el cadete venía a Villabermeja; hablaba por la ventana con la chacha Victoria, y se decían ambos mil ternuras. En las largas ausencias se escribían cartas amorosas cada ocho o diez días; asiduidad y frecuencia extraordinarias entonces.

Esta necesidad de escribir obligó a la chacha Victoria a hacerse letrada. El amor fue su maestro de escuela, y le enseñó a trazar unos garrapatos anárquicos y misteriosos, que por revelación de amor leía, entendía y descifraba el cadete.

De esta suerte, entre temporadas de pelar la pava en Villabermeja, y otras más largas temporadas de estar ausentes, comunicándose por cartas, se pasaron cerca de doce años. El cadete llegó a teniente.

Hubo entonces un momento terrible: una despedida desgarradora. El cadete, teniente ya, se fue a la guerra de Italia. Desde allí venían las cartas muy de tarde en tarde. Al cabo cesaron del todo. La chacha Victoria se llenó de presentimientos melancólicos.

En 1747, firmada ya la paz de Aquisgrán, los soldados españoles volvieron de Italia a España; pero nuestro cadete, que había esperado volver de capitán, no parecía ni escribía. Solo pareció, con la licencia absoluta, su asistente, que era bermejino.

El bueno del asistente, en el mejor lenguaje que pudo, y con los preparativos y rodeos que le parecieron del caso para amortiguar el golpe, dio a la chacha Victoria la triste noticia de que el cadete, cuando iba ya a ver colmados sus deseos, cuando iba a ser ascendido a capitán, en vísperas de la paz, en la rota de Trebia, había caído atravesado por la lanza de un croata.

No murió en el acto. Vivió aún dos o tres días con la herida mortal, y tuvo tiempo de entregar al asistente, para que trajese a su querida Victoria, un rizo rubio que de ella llevaba sobre el pecho en un guardapelo, las cartas y un anillo de oro con un bonito diamante.

El pobre soldado cumplió fielmente su comisión.

La chacha Victoria recibió y bañó en lágrimas las amadas reliquias. El resto de su vida lo pasó recordando al cadete, permaneciendo fiel a su memoria y llorándole a veces. Cuanto había de amor en su alma fue consumiéndose en devociones y transformándose en cariño por el sobrino Fadriquito, el cual tenía tres años cuando supo la chacha Victoria la muerte de su perpetuo y único novio.

La pobre chacha Ramoncica había sido siempre pequeñuela y mal hecha de cuerpo, sumamente morena y bastante fea de cara. Cierta dignidad natural e instintiva le hizo comprender, desde que tenía quince años, que no había nacido para el amor. Si algo del amor con que aman las mujeres a los hombres había en germen en su alma, ella acertó a sofocarlo y no brotó jamás. En cambio tuvo afecto para todos. Su caridad se extendía hasta los animales.

Desde la edad de veinticuatro años, en que la chacha Ramoncica se quedó huérfana y vivía en casa propia, sola, le hacían compañía media docena de gatos, dos o tres perros y un grajo, que poseía varias habilidades. Tenía asimismo Ramoncica un palomar lleno de palomos, y un corral poblado de pavos, patos, gallinas y conejos.

Una criada llamada Rafaela, que entró a servir a la chacha Ramoncica cuando ésta vivía aún en casa de sus padres, siguió sirviéndola toda la vida. Ama y criada eran de la misma edad y llegaron juntas a una extrema vejez.

Rafaela era más fea que la chacha, y, hasta por imitarla, permaneció siempre soltera.

En medio de su fealdad, había algo de noble distinguido en la chacha Ramoncica, que era una señora de muy cortas luces. Rafaela, por el contrario, sobre ser fea, tenía el más innoble aspecto; pero estaba dotada de un despejo natural grandísimo.

Por lo demás, ama y criada, guardando siempre cada cual su posición y grado en la jerarquía social se identificaron por tal arte, que se diría que no había en ellas sino una voluntad, los pensamientos mismos y los mismos propósitos.

Todo era orden, método y, arreglo en aquella casa. Apenas se gastaba en comer, porque ama y criada comían poquísimo. Un vestido, una saya, una basquiña, cualquiera otra prenda, duraba años y años sobre el cuerpo de la chacha Ramoncica o guardada en el armario. Después, estando aún en buen uso, pasaba a ser prenda de Rafaela.

Los muebles eran siempre los mismos y se conservaban, como por encanto, con un lustre y una limpieza que daban consuelo.

Con tal modo de vivir, la chacha Ramoncica, si bien no tenía sino muy escasas rentas, apenas gastaba de ellas una tercera parte. Iba, pues, acumulando y atesorando, y pronto tuvo fama de rica. Sin embargo, jamás se sentía con valor de ser despilfarrada sino por empeño de su sobrino Fadrique, a quien, según hemos dicho, mimaba en competencia de la chacha Victoria.

Don Diego andaba siempre en el campo, de caza o atendiendo a las labores. Sus dos hijos, don José y don Fadrique, quedaban al cuidado de la chacha Victoria y del padre Jacinto, fraile dominico, que pasaba por muy docto en el lugar, y que les sirvió de ayo, enseñándoles las primeras letras y el latín.

Don José era bondadoso y reposado, don Fadrique un diablo de travieso; pero don José no atinaba hacerse querer, y don Fadrique era amado con locura de ambas chachas, del feroz don Diego y del ya citado padre Jacinto, quien apenas tendría treinta y seis años de edad cuando enseñaba la lengua de Cicerón a los dos pimpollos lozanos del glorioso y antiguo tronco de los López de Mendoza bermejinos.

Mientras que el apacible don José se quedaba en casa estudiando, o iba al convento a ayudar a misa, o empleaba su tiempo en otras tareas tranquilas, don Fadrique solía escaparse y promover mil alborotos en el pueblo.

Como segundón de la casa, don Fadrique estaba condenado a vestirse de lo que se quedaba estrecho o corto para su hermano, el cual, a su vez, solía vestirse de los desechos de su padre. La chacha Victoria hacía estos arreglos y traspasos. Ya hemos hablado de la casaca y de la chupa encarnadas, que vinieron a ser memorables por el lance del bolero; pero mucho antes había heredado don Fadrique una capa, que se hizo más famosa, y que había servido sucesivamente a don Diego y a don José. La capa era blanca, y cuando cayó en poder de don Fadrique recibió el nombre de la capa-paloma.

La capa-paloma parecía que había dado alas al chico, quien se hizo más inquieto y diabólico desde que la poseyó. Don Fadrique, cabeza de motín y de bando entre los muchachos más desatinados del pueblo, se diría que llevaba la capa-paloma como un estandarte, como un signo que todos seguían, como un penacho blanco de Enrique IV.

No era muy numeroso el bando de don Fadrique, no por falta de simpatías, sino porque él elegía a sus parciales y secuaces haciendo pruebas análogas a las que hizo Gedeón para elegir o desechar a sus soldados. De esta suerte logró don Fadrique tener unos cincuenta o sesenta que le seguían, tan atrevidos y devotos a su persona, que cada uno valía por diez.

Se formó un partido contrario, capitaneado por don Casimirito, hijo del hidalgo más rico del lugar. Este partido era de más gente; pero, así por las prendas personales del capitán, como por el valor y decisión de los soldados, quedaba siempre muy inferior a los fadriqueños.

Varias veces llegaron a las manos ambos bandos, ya a puñadas y luchando a brazo partido, ya en pedreas, de que era teatro un llanete que está por bajo de un sitio llamado el Retamal.

Siempre que había un lance de éstos, don Fadrique era el primero en acudir al lugar del peligro; pero es lo cierto que no bien corría la voz de que la capa-paloma iba por el Retamal abajo, las calles y las plazuelas se despoblaban de los más belicosos chiquillos, y, todos acudían en busca del capitán idolatrado.

La victoria, en todas estas pendencias, quedó siempre por el batido de don Fadrique. Los de don Casimiro resistían poco y se ponían en un momento en vergonzosa fuga: pero como don Fadrique se aventuraba siempre más de lo que conviene a la prudencia de un general, resultó que dos veces regó los laureles con su sangre, quedando descalabrado.

No solo en batalla campal, sino en otros ejercicios y haciendo travesuras de todo género, don Fadrique se había roto, además, la cabeza otra tercera vez, se había herido el pecho con unas tijeras, se había quemado una mano y se había dislocado un brazo: pero de todos estos percances salía al cabo sano y salvo, merced a su robustez y a los cuidados de la chacha Victoria, que decía, maravillada y santiguándose:

—¡Ay, hijo de mi alma, para muy grandes cosas quiere reservarte el cielo, cuando vives de milagro y no mueres!

III

Casimiro tenía tres años más de edad que don Fadrique, y era también más fornido y alto. Irritado de verse vencido siempre como capitán, quiso probarse con don Fadrique en singular combate. Lucharon, pues, a puñadas y a brazo partido, y el pobre Casimiro salió siempre acogotado y pisoteado, a pesar de su superioridad aparente.

Los frailes dominicos del lugar nunca quisieron bien a la familia de los Mendozas. A pesar de la piedad suma de las chachas Victoria y Ramoncica, y de la devoción humilde de don José, no podían tragar a don Diego, y se mostraban escandalizados de los desafueros e insolencias de don Fadrique.

Solo el padre Jacinto, que amaba tiernamente a don Fadrique, le defendía de las acusaciones y quejas de los otros frailes.

Estos, no obstante, le amenazaban a menudo con cogerle y enviarle a los Toribios, o con hacer que el propio hermano Toribio viniese por él y se le llevase.

Bien sabían los frailes que el bendito hermano Toribio había muerto hacía más de veinte años; pero la institución creada por él florecía, prestando al glorioso fundador una existencia inmortal y mitológica. Hasta muy entrado el segundo tercio del siglo presente, el hermano Toribio y los Toribios en general han sido el tema constante de todas las amenazas para infundir saludable terror a los muchachos traviesos.

En la mente de don Fadrique no entraba la idea de la fervorosa caridad con que el hermano Toribio, a fin de salvar y purificar las almas de cuantos muchachos cogía, les martirizaba el cuerpo, dándoles rudos azotes sobre las carnes desnudas. Así es que se presentaba en su imaginación el bendito hermano Toribio como loco furioso y perverso, enemigo de sí mismo para llagarse con cadenas ceñidas a los riñones, y enemigo de todo el género humano, a quien desollaba y atormentaba en la edad de la niñez y de la más temprana juventud, cuando se abren al amor las almas y cuando la naturaleza y el cielo debieran sonreír y acariciar en vez de dar azotes.

Como ya habían ocurrido casos de llevarse a los Toribios, contra la voluntad de sus padres, a varios muchachos traviesos, y como el hermano Toribio, durante su santa vida, había salido a caza de tales muchachos, no solo por toda Sevilla, sino por otras poblaciones de Andalucía, desde donde los conducía a su terrible establecimiento, la amenaza de los frailes pareció para broma harto pesada a don Diego, y para veras le pareció más pesada aún. Hizo, pues, decir a los frailes que se abstuviesen de embromar a su hijo, y mucho más de amenazarle, que ya él sabría castigar al chico cuando lo mereciese; pero que nadie más que él había de ser osado a ponerle las manos encima. Añadió don Diego que el chico, aunque pequeño todavía, sabría defenderse y hasta ofender, si le atacaban, y que, además, él volaría en su auxilio, en caso necesario, y arrancaría las orejas a tirones a todos los Toribios que ha habido y hay en el mundo.

Con estas insinuaciones, que, bien sabían todos cuán capaz era de hacer efectivas don Diego, los frailes se contuvieron en su malevolencia; pero como don Fadrique (fuerza es confesarlo, si hemos de ser imparciales) seguía siendo peor que Pateta, los frailes, no atreviéndose ya a esgrimir contra él armas terrenas y temporales, acudieron al arsenal de las espirituales y eternas, y no cesaron de querer amedrentarle con el infierno y el demonio.

De este método de intimidación se ocasionó un mal gravísimo. Don Fadrique, a pesar de sus chachas, se hizo impío, antes de pensar y de reflexionar, por un sentimiento instintivo. La religión no se ofreció a su mente por el lado del amor y de la ternura infinita, sino por el lado del miedo, contra el cual su natural valeroso e independiente se rebelaba. Don Fadrique no vio el objeto del amor insaciable del alma, y el fin digno de su última aspiración, en los poderes sobrenaturales. Don Fadrique no vio en ellos sino tiranos, verdugos o espantajos sin consistencia.

Cada siglo tiene su espíritu, que se esparce y como que se diluye en el aire que respiramos, infundiéndose tal vez en las almas de los hombres, sin necesidad de que las ideas y teorías pasen de unos entendimientos a otros por medio de la palabra escrita o hablada. El siglo XVIII tal vez no fue crítico, burlón, sensualista y descreído porque tuvo a Voltaire, a Kant y a los enciclopedistas, sino porque fue crítico, burlón, sensualista y descreído tuvo a dichos pensadores, quienes formularon en términos precisos lo que estaba vago y difuso en el ambiente: el giro del pensamiento humano en aquel período de su civilización progresiva.

Solo así se comprende que don Fadrique viniese a ser impío sin leer ni oír nada que a ello le llevase.

Esta nueva calidad que apareció en él era bastante peligrosa en aquellos tiempos. Don Diego mismo se espantó de ciertas ideas de su hijo. Por dicha, el desenvolvimiento de tan mala inclinación coincidió casi con la ida de don Fadrique al Colegio de Guardias marinas, y se evitó así todo escándalo y disgusto en Villabermeja.

Las chachas Victoria y Ramoncica lloraron mucho la partida de don Fadrique; el padre Jacinto la sintió; don Diego, que le llevó a la Isla, se alegró de ver a su hijo puesto en carrera, casi más que se afligió al separarse de él; y los frailes, y Casimirito sobre todo, tuvieron un día de júbilo el día en que le perdieron de vista.

Don Fadrique volvió al lugar de allí adelante, pero siempre por brevísimo tiempo: una vez cuando salió del Colegio para ir a navegar; otra vez siendo ya alférez de navío. Luego pasaron años y años sin que viese a don Fadrique ningún bermejino. Se sabía que estaba, ya en el Perú, ya en el Asia, en el extremo Oriente.

IV

De las cosas de don Fadrique, durante tan larga ausencia, se tenía o se forjaba en el lugar el concepto más fantástico y absurdo.

Don Diego y la chacha Victoria, que eran las personas de la familia más instruidas e inteligentes, murieron a poco de hallarse don Fadrique en el Perú. Y lo que es a la cándida Ramoncica y al limitado don José, no escribía don Fadrique sino muy de tarde en tarde, y cada carta tan breve como una fe de vida.

Al padre Jacinto, aunque don Fadrique le estimaba y quería de veras, también le escribía poco, por efecto de la repulsión y desconfianza que en general le inspiraban los frailes. Así es que nada se sabía nunca a ciencia cierta en el lugar de las andanzas y aventuras del ilustre marino.

Quien más supo de ello en su tiempo fue el cura Fernández, que, según queda dicho, trató a don Fadrique y, tuvo alguna amistad con él. Por el cura Fernández se enteró don Juan Fresco, en quien influyó mucho el relato de las peregrinaciones y lances de fortuna de don Fadrique para que se hiciese piloto y siguiese en todo sus huellas.

Recogiendo y ordenando yo ahora las esparcidas y vagas noticias, las apuntaré aquí en resumen.

Don Fadrique estuvo poco tiempo en el Colegio, donde mostró grande disposición para el estudio.

Pronto salió a navegar, y fue a La Habana en ocasión tristísima. España estaba en guerra con los ingleses, y la capital de Cuba fue atacada por el almirante Pocok. Echado a pique el navío en que se hallaba nuestro bermejino, la gente de la tripulación, que pudo salvarse, fue destinada a la defensa del castillo del Morro, bajo las órdenes del valeroso don Luis Velasco.

Allí estuvo don Fadrique haciendo estragos en la escuadra inglesa con sus certeros tiros de cañón. Luego, durante el asalto, peleó como un héroe en la brecha, y vio morir a su lado a don Luis, su jefe. Por último, fue de los pocos que lograron salvarse cuando, pasando sobre un montón de cadáveres y haciendo prisioneros a los vivos, llegó el general inglés, conde de Albemarle, a levantar el pabellón británico sobre la principal fortaleza de La Habana.

Don Fadrique tuvo el disgusto de asistir a la capitulación de aquella plaza importante, y, contado en el número de los que la guarnecían, fue conducido a España en cumplimiento de lo capitulado.

Entonces, ya de alférez de navío, vino a Villabermeja, y vio a su padre la última vez.

La reina de las Antillas, muchos millones de duros y lo mejor de nuestros barcos de guerra habían quedado en poder de los ingleses.

Don Fadrique no se descorazonó con tan trágico principio. Era hombre poco dado a melancolías. Era optimista y no quejumbroso. Además, todos los bienes de la casa los había de heredar el mayorazgo, y él ansiaba adquirir honra, dinero y posición.

Pocos días estuvo en Villabermeja. Se fue antes de que su licencia se cumpliese.

El rey Carlos III, después de la triste paz de París, a que le llevó el desastroso Pacto de familia, trató de mejorar por todas partes la administración de sus vastísimos Estados. En América era donde había más abusos, escándalos, inmoralidad, tiranías y dilapidaciones. A fin de remediar tanto mal, envió el rey a Gálvez de visitador a México, y algo más tarde envió al Perú, con la misma misión, a don Juan Antonio de Areche. En esta expedición fue a Lima don Fadrique.

Allí se encontraba cuando tuvo lugar la rebelión de Tupac-Amaru. En la mente imparcial y filosófica del bermejino se presentaba como un contrasentido espantoso el que su Gobierno tratase de ahogar en sangre aquella rebelión, al mismo tiempo que estaba auxiliando la de Washington y sus parciales contra los ingleses; pero don Fadrique, murmurando y censurando, sirvió con energía a su Gobierno, y contribuyó bastante a la pacificación del Perú.

Don Fadrique acompañó a Areche en su marcha al Cuzco, y desde allí, mandando una de las seis columnas en que dividió sus fuerzas el general Valle, siguió la campaña contra los indios, tomando gloriosa parte en muchas refriegas, sufriendo con firmeza las privaciones, las lluvias y los fríos en escabrosas alturas a la falda de los Andes, y no parando hasta que Tupac-Amaru quedó vencido y cayó prisionero.

Don Fadrique, con grande horror y disgusto, fue testigo ocular de los tremendos castigos que hizo nuestro Gobierno en los rebeldes. Pensaba él que las crueldades e infamias cometidas por los indios no justificaban las de un Gobierno culto y europeo. Era bajar al nivel de aquella gente semisalvaje. Así es que casi se arrepintió de haber contribuido al triunfo cuando vio en la plaza del Cuzco morir a Tupac-Amaru, después de un brutal martirio, que parecía invención de fieras y no de seres humanos.

Tupac-Amaru tuvo que presenciar la muerte de su mujer, de un hijo suyo y de otros deudos y amigos: a otro hijo suyo de diez años le condenaron a ver aquellos bárbaros suplicios de su padre y de su madre, y a él mismo le cortaron la lengua y le ataron luego por los cuatro reinos a otros tantos caballos para que, saliendo a escape, le hiciesen pedazos. Los caballos, aunque espoleados duramente por los que los montaban, no tuvieron fuerza bastante para descuartizar al indio, y a éste, descoyuntado, después de tirar de él un rato en distintas direcciones, tuvieron que desatarle de los caballos y cortarle la cabeza.

A pesar de su optimismo, de su genio alegre y de su afición a tomar muchos sucesos por el lado cómico, don Fadrique, no pudiendo hallar nada cómico en aquel suceso, cayó enfermo con fiebre y se desanimó mucho en su afición a la carrera militar.

Desde entonces se declaró más en él la manía de ser filántropo, especie de secularización de la caridad, que empezó a estar muy en moda en el siglo pasado.

La impiedad precoz de don Fadrique vino a fundarse en razones y en discursos con el andar del tiempo y con la lectura de los malos libros que en aquella época se publicaban en Francia. El carácter burlón y regocijado de don Fadrique se avenía mal con la misantropía tétrica de Rousseau. Voltaire, en cambio, le encantaba. Sus obras más impías parecíanle eco de su alma.

La filosofía de don Fadrique era el sensualismo de Condillac, que él consideraba como el non plus ultra de la especulación humana.

En cuanto a la política, nuestro don Fadrique era un liberal anacrónico en España. Por los años de 1783, cuando vio morir a Tupac-Amaru, era casi como un radical de ahora.

Todo esto se encadenaba y se fundaba en una teodicea algo confusa y somera, pero común entonces. Don Fadrique creía en Dios y se imaginaba que tenía ciencia de Dios, representándosele como inteligencia suprema y libre, que hizo el mundo porque quiso, y luego le ordenó y arregló según los más profundos principios de la mecánica y de la física. A pesar del Cándido, novela que le hacía florar de risa, don Fadrique era casi tan optimista como el doctor Pangloss, y tenía por cierto que todo estaba divinamente bien y que nada podía estar mejor de lo que estaba. El mal le parecía un accidente, por más que a menudo se pasmase de que ocurriera con tanta frecuencia y de que fuera tan grande, y el bien le parecía lo substancial, positivo e importante que había en todo.

Sobre el espíritu y la materia, sobre la vida ultra-mundana y sobre la justificación de la Providencia, basada en compensaciones de eterna duración, don Fadrique estaba muy dudoso; pero su optimismo era tal, que veía demostrada y hasta patente la bondad del cielo, sin salir de este mundo sublunar y de la vida que vivimos. Verdad es que para ello había adoptado una teoría, novísima entonces. Y decimos que la había adoptado, y no que la había inventado, porque no nos consta, aunque bien pudo ser que la inventase; ya que cuando llega el momento y suena la hora de que nazca una idea y de que se formule un sistema, la idea nace y, el sistema se formula en mil cabezas a la vez, si bien la gloria de la invención se la lleva aquel que por escrito o de palabra le expone con más claridad, precisión o elegancia.

La idea, o mejor dicho, la teoría novísima, tal como estaba en la mente de don Fadrique, era en compendio la siguiente:

Entendía el filósofo de Villabermeja que había una ley providencial y eterna para la historia, tan indefectible como las leyes matemáticas, según las cuales giran en sus órbitas los astros. En virtud de esta ley, la humanidad iba adelantando siempre por un camino de perfectibilidad indefinida; su ascensión hacia la luz, el bien, la verdad y la belleza, no tenía pausa ni término. En esto, el humano linaje, en su conjunto, seguía un impulso necesario. Toda la gloria del éxito era para el Ser Supremo, que había dado aquel impulso; pero, dentro del providencial movimiento que de él nacía, en toda acción, en toda idea, en todo propósito, cada individuo era libre y responsable. El maravilloso trabajo de la Providencia, el misterio más bello de su sabiduría infinita, consistía en concertar con atinada armonía todos aquellos resultados de la libertad humana a fin de que concurriesen al cumplimiento de la ley eterna del progreso, o en tenerlos previstos con tan divina previsión y acierto, que no perturbasen lo que estaba prescrito y ordenado; así como, aunque sea baja comparación, cuenta el inventor y constructor perito de una máquina con los rozamientos y con el medio ambiente.

Tal manera de considerar los sucesos se avenía bien con el carácter de don Fadrique, corroborando su desdén hacia las menudencias, y su prurito de calificar de menudencias lo que para los más de los hombres es importante en grado sumo, y transformando su propensión a la alegría y a la risa en serenidad olímpica, digna de los inmortales.

En su moral no dejaba de ser severo. No había borrado de sus tablas de la ley ni una tilde ni una coma de los mandamientos divinos. Lo único que hacía era dar más vigor, si cabe, a toda prohibición de actos que produzcan dolor, y relajar no poco las prohibiciones de todo aquello que a él se le antojaba que solo traía deleite o bienestar consigo.

En aquella edad, pensar así en España y en dominios ya hemos dicho que era expuesto; pero don Fadrique tenía el don de la mesura y del tino, y sin hipocresía lograba no chocar ni lastimar opiniones o creencias.

Concurría a esto la buena gracia con que se ganaba las voluntades, no con inspirar trivial afecto a todo el mundo, sino inspirándole muy vivo a los pocos que él quería, los cuales valían siempre por muchos para defenderle y encomiarle.

En la primera mocedad, dotado don Fadrique de tales prendas, y siendo, además, bello y agraciado de rostro, de buen talle, atrevido y sigiloso, consiguió que lloviesen sobre él las aventuras galantes, y tuvo alta fama de afortunado en amores.

Después de terminada la rebelión de Tupac-Amaru ascendió a capitán de fragata, y su reputación de buen soldado y de sabio y hábil marino llegó a su colmo.

Casi cuando acababan de espirar en el Cuzco los últimos indios parciales de la independencia de su patria, siendo atenaceados algunos con tenazas candentes antes de ahorcarlos, llegó la nueva a Lima de que habíamos hecho la paz con Inglaterra, logrando la independencia de su colonia, en pro de la cual combatimos.

Don Fadrique pudo entonces obtener licencia para navegar a las órdenes de la Compañía de Filipinas, y salió para Calcuta mandando un navío cargado de preciosas mercaderías. Tres viajes hizo de Lima a Calcuta y de Calcuta a Lima; y como llevaba muy buena pacotilla y un sueldo crecido, y alcanzó ventas muy ventajosas, se halló en poco tiempo poseedor de algunos millones de reales.

En las largas temporadas que don Fadrique pasó en la India se aficionó mucho a la dulzura de los indígenas de aquel país y tomó en mayor aborrecimiento el fervor religioso y guerrero de otras naciones. Tippoo, sultán de Misor, se había empeñado en convertir al islamismo a todos los indostaníes y en dilatar su imperio hasta el Cabo Comorín, a donde nunca habían penetrado las huestes de otros conquistadores musulmanes. La horrible devastación del floreciente reino de Travancor, en las barbas de los ingleses, fue la consecuencia de la ambición y del celo muslímico del sultán mencionado. El Gobernador general de la India se resolvió al cabo a vengar y a remediar lo que hubiera debido impedir, y partió de Calcuta a Madrás con muchos soldados europeos y cipayos, y grandes aprestos de guerra. En aquella ocasión don Fadrique tuvo el gusto de ganar bastantes rupias, sirviendo una buena causa y conduciendo a Madrás en su navío, con la autorización debida, tropas, víveres y municiones.

Parece que poco tiempo después de este suceso, y aun antes de que el rajah de Travancor fuese restablecido en su trono, y el sultán Tippoo vencido y obligado a hacer la paz, don Fadrique, cansado ya de peregrinaciones y trabajos, con la ambición apagada y con el deseo de fortuna más que satisfecho, logró, de vuelta a Lima, obtener su retiro, y se vino a Europa, anhelante de presenciar la gran revolución que en Francia se estaba realizando, cuyos principios se hallaban tan en concordancia con los suyos, y cuya fama llenaba el mundo de asombro.

Don Fadrique, sin embargo, solo estuvo en París algunos meses: desde fines de 1791 hasta septiembre de 1792. Este tiempo le bastó para cansarse y hartarse de la gran revolución, desengañarse un poco de su liberalismo y dudar de sus teorías de constante progreso.

En Madrid vivió, por último, dos años, y también se desengañó de muchísimas cosas.

Entrado ya en los cincuenta de su edad, aunque sano y bueno, y apareciendo en el semblante, en la robustez y gallardía del cuerpo, y en la serenidad y viveza del espíritu mucho más joven, le entró la nostalgia de que padecen casi todos los bermejinos, y tomó la irrevocable resolución de retirarse a Villabermeja para acabar allí tranquilamente su vida.

Las cartas que escribió a su hermano don José y a la chacha Ramoncica, que vivían aún, anunciándoles su vuelta definitiva y para siempre, fueron breves, aunque muy cariñosas. En cambio, escribió al padre Jacinto una extensa carta, que se conserva aún y que debe ser trasladada a este sitio. La carta es como sigue:

V

Mi querido padre Jacinto: Ya sabrá usted por mi hermano y por la chacha Ramoncica que estoy decidido a irme a ese lugar a acabar mi vida donde pasé los mejores años y los más inocentes de ella (¡buena inocencia era la mía!), jugando al hoyuelo, a las chapas, al salto de la comba y algunas veces al cané, y andando a pedradas y a mojicones con mis coetáneos y compatricios.

Entonces estaba yo cerril; pero ya usted se hará cargo de que me he pulido bastante peregrinando por esos mundos, y de que ahora son otras mis aficiones y muy diversos mis cuidados. Los frailes compañeros de usted no tendrán ya necesidad de amenazarme con los Toribios.

Mi estancia en el lugar no traerá perturbación alguna; antes, por el contrario, yo me lisonjeo de que reporte algunas ventajas. He hecho dinero y emplearé ahí mucha parte en fomentar la agricultura. El vino que ahí se produce es abominable y puede ser excelente. Trabajando se logrará hacerle potable y bueno.

Soñando estoy con las agradables veladas que vamos a pasar en el invierno, jugando a la malilla y al tute, disputando sobre nuestras no muy concordes teologías, y refiriendo yo a usted mis aventuras en el Perú, en la India y en otras apartadas regiones.

Sé que usted, a pesar de los años, está firme como un roble, por lo cual me prometo que ha de dar conmigo largos paseos a caballo y a pie, y ha de acompañarme a cazar perdices. Tengo dos magníficas escopetas inglesas, que compré en Calcuta, y con las cuales he cazado tigres tan grandes algunos de ellos como borricos. Ya verá usted qué bien le va tirando con cualquiera de estas escopetas a las pacíficas y enamoradas perdices que acuden al reclamo en la estación del celo.

A pesar de nuestra edad, hemos de emplearnos todavía, si usted no se opone, en algunas cosas harto infantiles. Hemos de volver al Pozo de la Solana, como hace cuarenta años, a cazar colorines y otros pajarillos, ya con la red, ya con liga y esparto. Téngame usted preparado un buen par de cimbeles.

Todas las cosas de por allí se me ofrecen a la memoria con el encanto de los primeros años. Entiendo que voy a remozarme al verlas y gozarlas.

Tengo gana de volver a comer piñonate, salmorejo, hojuelas, gajorros, pestiños, cordero en caldereta, cabrito en cochifrito, empanadas de boquerones con chocolate, torta-maimón, gazpacho, longanizas y los demás primores de cocina y repostería con que suelen regalarse los sibaritas bermejinos. No por eso romperé con la costumbre contraída en otras tierras, sino que pienso llevar en mi compañía a un gabacho que he traído de París, el cual condimenta unos manjares que doy por cierto que han de gustar a usted, aunque tienen nombres imposibles casi de pronunciar por una boca de Villabermeja; pero ya usted se convencerá de que, sin pronunciarlos, los mastica, los saborea, se los traga y le saben a gloria.

Por más extraño que a usted le parezca, llevo también vino a esa tierra del vino. Yo recuerdo que usted era un excelente catador; que usted tenía un paladar muy fino y una nariz delicadísima. Espero, pues, que ha de comprender y estimar el mérito de los vinos de extranjis que yo lleve, y que no caerán en su estómago como si cayesen en el sumidero.

Estoy muy contento de que me viva aún la chacha Ramoncica. Me han dicho que en su casa sigue todo como antes. Los mismos muebles, la misma criada Rafaela, y hasta el grajo, bien sea el mismo también, que por milagro de nuestro Santo Patrono vive aún, o bien sea otro que le reemplazó a tiempo, y parece el fénix renacido de sus cenizas.

Mucha gana tengo de dar un abrazo a la chacha Ramoncica, aunque, dicho sea entre nosotros, yo quería más a la pobre chacha Victoria. ¡Qué noble mujer aquélla! Aseguro a usted que no he hallado igual mujer en el mundo. Si la hubiera hallado, no sería yo solterón.

En este punto he sido poco feliz. No he hallado más que mujeres ligeras, casquivanas, frívolas y sin alma. Una sola, allá en Lima, me quiso de veras: con amor fervoroso, pero criminal. Yo también la quise, por mi desgracia, porque tenía un genio de todos los diablos, y queriéndonos mucho, la historia de nuestros amores se compuso de una serie de peloteras diarias. Aquellos amores fueron pesadilla, y no deleite. Ella era muy devota, había sido una santa y seguía en opinión de tal, porque procedimos siempre con cautela y recato. Sin embargo, en el fondo de su atribulada conciencia, en lo profundo de su mente, orgullosa y fanática a la vez, sentía vergüenza de haber humillado ante mí su soberbia y de haberse rendido a mi voluntad, y tenía miedo y horror de haber dejado por mí el buen camino, ofendiendo a Dios y faltando a sus deberes. Todo esto, sin darse ella mucha cuenta de lo que hacía, me lo quería hacer pagar, considerándome en extremo culpado. Lo que yo tuve que aguantar no tiene nombre. Créame usted, padre Jacinto, en el pecado llevé la penitencia. Así es que me harté de amores serios para años, y me dediqué desde entonces a los ligeros. ¿Para qué atormentarse en un asunto que debe ser todo de amenidad, regocijo y alegría?

Quizás por esta razón, y no porque apenas se dé in rerum natura, no alcancé nunca el amor de una chacha Victoria joven. Si le hubiera alcanzado, poco tierno soy de corazón, pero no lo dude usted, hubiera muerto bendiciéndola, como murió el cadete, o hubiera conquistado por ella y para ella, no el grado de capitán, sino el mundo.

En fin, ya pasó la mocedad, y, no hay que pensar en novelerías.

Yo estoy desengañado y aburrido, si bien con desengaño apacible y suave aburrimiento.

Se me acabó la ambición; no siento apetito de gloria; no aspiro a ser del vano dedo señalado; tengo más bienes de fortuna de los que necesito; estoy sediento de reposo, de oscuridad y de calma, y por todo esto me retiro a Villabermeja; pero no para hacer penitencia, sino para darme una vida regalada, tranquila, llena de orden y bienestar, cuidándome mucho y viendo lo que dura un comendador Mendoza bien conservado. Hasta ahora lo estoy. No parece que tengo cincuenta años, sino menos de cuarenta. Ni una cana. Ni una arruga. Todavía me llaman señorito, y no señor, y no faltan hembras de garbo que me califiquen de real mozo, ofendiendo mi modestia.

Mi mayor desengaño ha sido en mis ideas y doctrinas, si bien no ha sido bastante para hacerme variar.

Dios me perdone si me equivoco a fuerza de creerle bueno. Yo, creyendo en él y figurándomele como persona, tengo que figurármele todo lo bueno que concibo que una persona puede ser. Por consiguiente, no completando mi concepto de su bondad la gloria de la otra vida por inmensa que sea, supongo en esta vida que vivimos, por más que sirva para ganar la otra un fin y un propósito en sí, y no solo el ultramundano. Este fin, este propósito es ir caminando hacia la perfección, y sin alcanzarla aquí nunca, acercarse cada vez más a ella. Creo, pues, en el progreso; esto es, en la mejora gradual y constante de la sociedad y del individuo, así en lo material como en lo moral, y así en la ciencia especulativa como en la que nace de la observación y la experiencia, y da ser a las artes y a la industria.

El mejor medio de este progreso, y al mismo tiempo su mejor resultado en nuestros días, es, a mi ver, la libertad. La condición más esencial de esta libertad es que todos seamos igualmente libres.

Figúrese usted cuánto me encantaría la revolución francesa y su Asamblea Constituyente, que propendía a realizar estos principios míos; que proclamaba los derechos del hombre.

Pedí mi retiro, dejé mi carrera, y, vine, lleno de impaciencia, desde el otro hemisferio a bañarme en la luz inmortal de la gran revolución y a encender mi entusiasmo en el sagrado fuego que ardía en París, donde imaginé que estaban el corazón y la mente del mundo.

Pronto se desvanecieron mis ilusiones. Los apóstoles de la nueva ley me parecieron, en su mayor parte, bribones infames o frenéticos furiosos, llenos de envidia y sedientos de sangre. Vi al talento, a la virtud, a la belleza, al saber, a la elegancia, a todo lo que por algo sobresale en la tierra, ser víctima de aquellos fanáticos o de aquellos envidiosos. Las hazañas de los soldados de la revolución contra los reyes de Europa coligados no podían admirarme. No me parecían la defensa serena del que confía en su valor y en su derecho, sino el brío febril de la locura, excitada por la embriaguez de la sangre y por medio de asesinatos horribles. París se me antojaba el infierno, y no atino ahora a comprender cómo permanecí tanto tiempo en él. Todo estaba trocado: la brutalidad se llamaba energía; sencillez el desaliño indecente; franqueza la grosería, y virtud el no tener entrañas para la compasión. Recordaba yo las épocas de mayor tiranía, y no hallaba época alguna peor, sobre todo si se considera que estábamos en el centro de Europa y que llevábamos tantos siglos de civilización y cultura. El tirano no era uno, eran varios, y todos soeces y sucios de alma y de cuerpo.

Huí de París y vine a Madrid. Otra desilusión. Si por allá creí presenciar una abominable y bárbara tragedia, aquí me encontré en un grotesco, asqueroso y lascivo sainete. Por allá sangre; por acá inmundicia.

No por eso apostaté de mi optimismo ni eché a un lado mi doctrina de indefinido progreso. Lo que hice fue reconocer mi error en cálculos de cronología, para los cuales no había contado yo con la feroz y desgreñada revolución de Francia.

En vista de esta revolución, el bien relativo, el estado de libertad y de adelantamiento para las sociedades, que yo fantaseaba como inmediato, se hundió hacia dentro, en los abismos del porvenir, lo menos dos o tres siglos.

Como para entonces no viviré yo, y como en el estado presente del mundo estoy ya harto de la vida práctica, he resuelto refugiarme en la contemplación; y a fin de gozar del espectáculo de las cosas humanas, mezclándome en ellas lo menos posible, voy a tomar asiento, como espectador desapasionado, en la propia Villabermeja.

Mi hermano, que tiene ya una hija casadera, a quien naturalmente desea que salte un buen novio, se va a vivir a la vecina ciudad, donde ya tiene casa tomada, y a mí me deja a mis anchas y solo en la casa solariega de los Mendoza, donde le daré albergue siempre que venga al lugar para sus negocios.

Yo me atengo al refrán que dice o corte o cortijo; y ya que me fugo de París y de Madrid, no quiero ciudad de provincia, sino aldea.

En la gran casa de los Mendoza bermejinos voy a estar como garbanzo en olla; pero se llenarán algunos cuartos con la multitud de libros que voy a llevar.

Vamos a tener una vida envidiable; y digo vamos, porque supongo y espero que usted me hará compañía a menudo.

Mi determinación es irrevocable, y me voy ahí, para no salir de ahí, salvo cuando vaya como de paseo a caballo, a visitar a mi hermano y a su familia, en la ciudad cercana, la cual, a pesar de su pomposo título de ciudad, tiene también mucho de pueblo pequeño y rural, con perdón y en paz sea dicho.

Adiós, beatísimo padre. Encomiéndeme usted a Dios, con cuyo favor cuento para escapar de esta confusión ridícula de la corte, y poder pronto darle, en esa encantadora Villabermeja, un apretado, abrazo.

VI

Veinte días después de recibida esta carta por el padre Jacinto, se realizó la entrada solemne en Villabermeja del ilustre comendador Mendoza.

Desde Madrid a la capital de la provincia, que entonces se llamaba reino, nuestro héroe vino en coche de colleras y empleó nueve días. En la capital de la provincia se encontró con su hermano don José, con el padre Jacinto y con otros amigos de la infancia, que le estaban aguardando. Entre ellos sobresalía el tío Gorico, maestro pellejero, hábil fabricador de corambres y notabilísimo en el difícil arte de echar botanas a los pellejos rotos. Éste había sido el muchacho más diabólico del lugar después de don Fadrique, y su teniente citando las pendencias, pedreas y demás hazañas contra el bando de don Casimiro.

El tío Gorico no tenía más defecto que el de haberse entregado con sobrado cariño a la bebida blanca. El aguardiente anisado le encantaba. Y como al asomar la aurora por el estrecho horizonte de Villabermeja el tío Gorico, según su expresión, mataba el gusanillo, resultaba que casi todo el día estaba calamocano, porque aquel fuego que encendía en su ser con el primer fulgor matutino, se iba alimentando, durante el día, merced a frecuentes libaciones.

Por lo demás, el tío Gorico no perdía nunca la razón; lo que lograba era envolver aquella luz del cielo en una gasa tenue, en un fanal primoroso, que le hacía ver las cosas del mundo exterior y todo lo interno de su alma y los tesoros de su memoria como a través de un vidrio mágico. Jamás llegaba a la embriaguez completa; y una vez sola, decía él había tenido en toda su vida alferecía en las piernas. Era, pues, hombre de chispa en diversos sentidos, y nadie tenía mejores ocurrencias, ni contaba más picantes chascarrillos, ni se mostraba más útil y agradable compañero en una partida de caza.

En el lugar gozaba de celebridad envidiable por mil motivos, y entre otros, porque hacía el papel de Abraham en el paso de Jueves Santo por la mañana, tan admirablemente bien, que nadie se le igualaba en muchas leguas a la redonda. Con un vestido de mujer por túnica, una colcha de cama por manto, su turbante y sus barbas de lino, tomaba un aspecto venerable. Y citando subía al monte Moria, que era un establo cubierto de verdura, que se elevaba en medio de la plaza, adquiría la majestad patética de un buen actor. Pero en lo que más se lucía, arrancando gritos de entusiasmo, era cuando ofrecía a Isaac al Todopoderoso antes de sacrificarle. Isaac era un chiquillo de diez años lo menos. Con la mano derecha el tío Gorico le levantaba hacia el cielo, y así, extendido el brazo, como si no fuera de hueso y carne, sino de acero firmísimo, permanecía catorce o quince minutos. Luego venía el momento de las más vivas emociones; el terror trágico en toda su fuerza. Abraham ataba al chiquillo al ara, y sacaba un truculento chafarote que llevaba al cinto. Tres o cuatro veces descargaba cuchilladas con una violencia increíble. Las mujeres se tapaban los ojos y daban espantosos chillidos, creyendo ya segada la garganta del muchacho que prefiguraba a Cristo; pero el tío Gorico paraba el golpe antes de herir, como no atreviéndose a consumar el sacrificio. Al fin aparecía un ángel, con alas de papel dorado, en el balcón de las Casas Consistoriales, y cantaba el romance que, empieza:

> Detente, detente, Abraham;
> No mates a tu hijo Isaac,
> Que ya está mi Dios contento
> Con tu buena voluntad.

El sacrificio del cordero en vez del hijo, con lo demás del paso, lo ejecutaba el tío Gorico, con no menor maestría.

En más de una ocasión trataron de ganarle, ofreciéndole mucho dinero para que fuese a hacer de Abraham a otras poblaciones; pero él no quiso jamás ser infiel a su patria y privarla de aquella gloria.

Don José, el padre Jacinto, el tío Gorico y los demás amigos, muy contentos de haber abrazado a don Fadrique, contentísimo también de verse entre los compañeros de su infancia, emprendieron a caballo el viaje a

Villabermeja, que, con madrugar y picar mucho, pudo hacerse en diez horas, llegando todos al lugar al anochecer de un hermoso día de primavera, en el año de 1794.

Doña Antonia, mujer de don José, y sus dos hijos, don Francisco, de edad de catorce años, y doña Lucía, que tenía ya dieciocho, acompañados de la chacha Ramoncica, recibieron con júbilo, con abrazos y otras mil muestras de cariño al comendador, quien ya tenía por suya la casa solariega. Don José y su familia se habían establecido en la ciudad, y solo por dos días habían venido al pueblo para recibir al querido pariente.

Éste, como era de suyo muy modesto, se maravilló y complació en ver que alcanzaba en Villabermeja más popularidad de lo que creía. Vinieron a verle todos los frailes, desde los más encopetados hasta los legos, el médico, el boticario, el maestro de escuela, el alcalde, el escribano y mucha gente menuda.

Al día siguiente de la llegada la chacha Ramoncica quiso lucirse, y se lució, dando un magnífico pipiripao. Don Fadrique, cuando oyó esta palabra, tuvo que preguntar qué significaba, y le dijeron que algo a modo de festín. En cambio, se cuentan aún en Villabermeja los grandes apuros en que estuvo aquella noche la chacha Ramoncica cuando volvió a su casa, cavilando qué sería lo que su sobrino le había pedido para el festín, y que ella ansiaba que le sirviesen, a fin de darle gusto en todo. El vocablo, para ella inaudito, con que su sobrino había significado la cosa que deseaba, casi se le había borrado de la mente. Por último, consultando el caso con Rafaela, y haciendo un esfuerzo de memoria, vino a recomponer el vocablo y a declarar que lo que su sobrino había pedido era economía.

—¿Qué es eso, Rafaela? —preguntó a su fiel criada.

Y Rafaela contestó:

—Señora, ¿qué ha de ser? ¡Ajorro!

No le hubo, sin embargo. La chacha Ramoncica echó aquel día el bodegón por la ventana.

Al siguiente le tocó lucirse al comendador, y a pesar de toda su filosofía gozó en el alma de que sus deudos y paisanos viesen maravillados su vajilla de porcelana su plata y los demás objetos raros o bellos que de sus viajes había traído, y que había mandado por delante de él con su criado de más confianza. Hasta la extraña fisonomía de éste, que era un indio, pasmó a los bermejinos, con deleite y satisfacción de don Fadrique. Tuvo, además, un placer indescriptible en contar sus aventuras y en hacer descripciones de países remotos, de costumbres peregrinas y de casos singulares que había visto o en los que había tomado parte.

Nada de esto debe movernos a rebajar el concepto que del comendador tenemos. Por más que parezca pueril, tal vanidad es más común de lo que se cree. ¿A quién no le agrada, cuando vuelve al lugar de su nacimiento, darse cierto tono, sin ofender a nadie, manifestando cuán importante papel ha hecho en el mundo?

Gente hay que no espera para esto a ir a su lugar. Nacido en uno muy pequeño de Andalucía tuve yo cierto amigo que, como llegase a ser personaje de gran suposición y de muchas campanillas, cifraba su mayor deleite en mandar a su pueblo todos los años un ejemplar de la Guía de forasteros, con registro en las varias páginas en que estaba estampado su nombre. Un año fue la Guía con ocho registros, y el pasmo de los lugareños, participado por carta a mi amigo, le dio un contento que casi rayaba en beatitud o bienaventuranza.

No es menor el gusto que se tiene en contar lances y sucesos y en describir prodigios. De aquí sin duda el refrán: de luengas vías, luengas mentiras. Baste, pues, decir, en elogio de don Fadrique, que el refrán no rezó con él nunca, porque era la veracidad en persona. Lo que no aseguraremos es que fuese siempre creído en cuanto refirió. Los lugareños son maliciosos y desconfiados; suelen tener un criterio allá a su manera, y a menudo las cosas más ciertas les parecen falsas o inverosímiles, y las mentiras, por el contrario, muy conformes con la verdad. Recuerdo que un mayordomo andaluz de cierto inolvidable y discreto Duque, que estuvo de embajador en Nápoles, fue a su pueblo con licencia. Citando volvió le embromábamos suponiendo que habría contado muchos embustes. Él nos confesó que sí, y aún añadió, jactándose de ello, que todo se lo habían creído, menos una cosa.

—¿Qué cosa era esa? —le preguntamos.

—Que cerca de Nápoles —respondió—, hay un monte que echa chispas por la punta.

De esta suerte pudo muy bien nuestro don Fadrique, sin apartarse un ápice de la verdad, dejar de ser creído en algo, sin que sus paisanos se atreviesen a decirle, como decían al mayordomo del Duque cuando hablaba del Vesubio: «¡Esa es grilla!»

Al día tercero después de la llegada de don Fadrique, su hermano don José y su familia se volvieron a la ciudad; y entonces, con más reposo, pudo entregarse el comendador a otro placer no menos grato: el de visitar y recordar los sitios más queridos y frecuentados de su niñez, y aquéllos en que le había ocurrido algo memorable. Estuvo en el Retamal y en el Llanete, que está junto, donde le descalabraron dos veces; fue a la fuente de Genazahar y al Pilar de Abajo; subió al Laderón y a la Nava, y extendió sus excursiones hasta el cerro de Jilena y el monte de Horquera, poblado entonces de corpulentas y seculares encinas.

Tomó, por último, don Fadrique verdadera posesión de su vivienda, arrellanándose en ella, por decirlo así, poniendo en orden los muebles que había traído, colocando los libros y colgando los cuadros.

En estas faenas, dirigidas por él, casi siempre estaba presente el padre Jacinto; y al cabo don Fadrique quedó instalado, forjándose un retiro, rústico a par que elegante, y una soledad amenísima en el lugar donde había nacido.

VII

Encantado estaba don Fadrique con su modo de vivir. Ya leyendo, ya de tertulia o de paseo con el padre Jacinto, ya de expediciones campestres y venatorias con el mismo padre y con el iluminado y ameno tío Gorico, el tiempo se deslizaba del modo más grato. Ningún deseo sentía don Fadrique de ir a otro pueblo, abandonando a Villabermeja; pero don José tenía cuarto preparado para recibirle en su casa de la ciudad, y sus instancias fueron tales, que no hubo más que ceder a ellas.

El comendador fue a la ciudad a pasar todo el mes de mayo. Llegó en la tarde del último día de abril, y como el viaje es un paseo, aquella noche estuvo de tertulia hasta cerca de las once, que en 1794 era ya mucho velar. Dos o tres hidalgos; otras tantas señoras machuchas; dos jóvenes amiguitas de Lucía, sobrina de don Fadrique; un respetable señor cura y un caballerito forastero y muy elegante componían la reunión de casa de don José, que empezó antes de que anocheciera.

Nadie llamó la atención de don Fadrique, que era harto distraído. Necesitaba que las personas le gustasen o le disgustasen para fijarse en ellas, y con gran dificultad acertaba la gente a gustarle, y mucho menos a disgustarle. Así es que, mostrándose muy urbano con todos, apenas reparó en ninguno.

Al toque de oraciones sirvieron el refresco.

Primero pasaron dos criadas repartiendo platos, servilletas y cucharillas de plata; luego entraron otras dos criadas, que traían sendas bandejas llenas de tacillas de cristal con almíbares diferentes. Cada tertuliano fue tomando en su asiento una tacilla del almíbar que más le gustaba. Las criadas de las bandejas pasaron de nuevo recogiendo las tacillas vacías, y rogando a los señores que tomasen otra de otro almíbar, como en efecto la tomaron muchos.

La historia, prolija en este punto, cuenta que los almíbares eran de nueces verdes, de cabellos de ángel, de tomate y de hoja de azahar. Hubo también arrope de melocotón.

Las ninfas fregonas, muy compuestas y con muchas flores en el moño, sirvieron luego copitas de rosoli, del que solo bebieron los caballeros, y por último trajeron el chocolate con torta de bizcocho, polvorones, pan de aceite y hojaldres. Terminó todo con el agua, que en vasos de cristal y en búcaros olorosos repartieron asimismo las criadas.

Duró esto hasta que dieron las ánimas.

El refresco se tomó con toda ceremonia y con pocas palabras. Las sillas pegadas a la pared, y todos sentados sin echar una pierna sobre otra, ni inclinarse de ningún lado, ni recostarse mucho.

Después de tomado el refresco, hubo alguna más libertad y expansión, y Lucía se atrevió a rogar al caballerito que recitase unos versos.

—Sí, sí —dijeron en coro casi todos los tertulianos—; que recite.

—Recitaré algo de Meléndez —dijo el joven.

—No, de usted —replicó Lucía—. Sepa usted, tío —añadió dirigiéndose al comendador—, que este señor es muy poeta y gran estudiante. Ya verá usted qué lindos versos compone.

—Usted es muy amable, señorita doña Lucía. La amistad que me tiene la engaña. Su señor tío de usted va a salir chasqueado cuando me oiga.

—Yo confío tanto en el fino gusto de mí sobrina —dijo el comendador—, que dudo que se equivoque, por ferviente que sea la amistad que usted le inspire. Casi estoy convencido de que los versos serán buenos.

—Vamos, recítelos usted, don Carlos.

—No sé cuáles recitar que cansen menos, y que a usted que me fía, y a mí que soy el autor, nos dejen airosos.

—Recite usted —contestó Lucía—, los últimos que ha compuesto a Clori.

—Son largos.

—No importa.

Don Carlos no se hizo más de rogar, y con entonación mesurada y cierta timidez que le hubiera hecho simpático, aunque ya por sí no lo fuese, recitó lo que sigue:

> El plácido arroyuelo
> Rompe el lazo de hielo,
> Y desatado en onda cristalina
> Fecunda la pradera.
> Flora presta sus galas a Chiprina;
> Reluce Febo en la celeste esfera,
> Y en la noche callada
> La casta diosa a su pastor dormido,
> Con trémulo fulgor, besa extasiada.
> Del techo antiguo a suspender su nido
> Ha vuelto ya la golondrina errante;
> Dulces trinos difunde Filomena;
> El mar se calma, el cielo se serena;
> Solo Céfiro amante,
> Oreando la hierba en los alcores.
> Y acariciando las tempranas flores,
> Con música y aroma el aire agita.
> En la rica estación de los amores
> Amor en todo corazón palpita;

Pero en el alma del zagal Mirtilo
Halla perpetuo asilo.
Allí ingenioso el dios labra un dechado
De gracia encantadora,
Donde con fiel esmero ha retratado
A Clori bella, a la gentil pastora.
Por quien Mirtilo muere.
Clori, en tanto, amistosa y compasiva,
Quiere que el zagal viva,
Mas amarle no quiere,
Antes, dicen que piensa dar su mano
A un rabadán anciano.
Con celos el zagal su pena aumenta,
Y así en la selva oculto se lamenta:
—¡Tú no sabes de amor, encanto mío!
¡Ah! Tu ignorancia virginal te engaña.
Seré merecedor de tu desvío,
Mas no comprendo la ilusión extraña
Que a dar tanta beldad te precipita,
Inútil don, tesoro inmaculado,
A la vejez marchita.
La amapola del prado
No despliega la pompa de sus hojas,
De púdico amor rojas,
Hasta que el Sol derrama
En su velado seno estiva llama;
Ni la rosa se atreve
A abrir el cáliz entre escarcha y nieve.
No censurara yo que Galatea
Al cíclope adorase: la hermosura
Bien en la fuerza y el valor se emplea;
Bien con estrecho, cariñoso nudo,
La hiedra ciñe firme tronco rudo.
Mas nunca a quien apenas

Sostener puede el peso de la vida
A llevar sus cadenas,
Si dulces, graves, el amor convida.
Huyen del mustio viejo las Camenas;
Si la flauta de Pan su labio toca,
Allí perece el desmayado aliento,
Sin convertirse en melodioso viento,
Y la risa del sátiro provoca.
Con vacilante pie mal en el coro
De ninfas entra; y el alegre giro
Y canto de las Ménades sonoro,
O con flébil suspiro,
O con dolientes ayes turba acaso;
Que, en el misterio de la santa orgía,
Ni el hierofante el tirso le confía,
Ni él llega hasta la cumbre del Parnaso.
¡Ay Clori! ¿Qué demencia te extravía?
Ya que por ti se pierde
Mi tierno amor, mi juventud lozana,
De frescas rosas y de mirto verde
No ciñas ora una cabeza cana.
Trepa la vid al álamo frondoso,
Y a la punzante ortiga
Deja que adorne el murallón ruinoso.
¿Qué riesgo, qué fatiga
No aceptará mi amor por agradarte?
Por ti en el bosque venceré las fieras;
Por ti el furor arrostraré de Marte;
Y el rey de las praderas,
Cuya bronceada frente
Arma ostenta terrible, que figura
De nueva Luna el disco refulgente,
De mi garrocha dura
Sentirá en la cerviz la picadura.

El rabadán, por la vejez postrado,
Tu solícito afán reclamaría,
¡Oh, Clori! mientras yo, por tu mandado,
Al abismo del mar descendería,
Sus perlas para ver en tu garganta,
Y acosaría al lobo carnicero,
Su hirsuta piel con plomo o con acero
Ganando para alfombra de tu planta.
Alucinada ninfa candorosa,
Desecha ese delirio que te lleva
A ser del viejo rabadán esposa.
Pues ¡qué! ¿te he dado en balde tanta prueba
De amor? Ya ves que por seguirte dejo
El templo de Minerva y los vergeles
Por do Betis copioso se dilata.
De mis padres me alejo,
Y huyo también de mis amigos fieles
Para sufrir crueldades de una ingrata.
No estriba tu desdén en mi pobreza,
Que no oculta tan bajo sentimiento
Tu noble corazón, y ni en riqueza
Me vence el rabadán, ni en nacimiento.
Solo un funesto error, una locura,
¡Oh, Clori! ¡Oh, rosa del pensil divino!
Le hará exhalar tu aroma y tu frescura
Entre las secas ramas del espino;
Te hará romper el broche delicado,
No para abril, para diciembre helado.
No así me hieras, si matarme quieres;
Mira que así te matas cuando hieres.

No bien terminaron los versos, fueron estrepitosamente aplaudidos por el benévolo auditorio; pero, si hemos de decir la verdad, ni don José ni doña Antonia prestaron atención durante la lectura; las señoras mayores se adormecieron con el sonsonete; el señor cura halló la composición sobrado materialista y mitológica y un poco pesada, y las amiguitas de Lucía más se entusiasmaron con la buena presencia del poeta que con el mérito literario de su obra.

Don Carlos, en efecto, era un morenito muy salado de veintidós a veintitrés años. Sus vivos y grandes ojos resplandecían con el fuego de la inspiración. Su cabellera negra, ya sin polvos, lucía y daba reflejos azulados como las alas del cuervo. Los movimientos de su boca al hablar eran graciosos. Los dientes que dejaba ver, blancos e iguales; la nariz, recta, y la frente, despejada y serena.

Iba don Carlos vestido con suma elegancia, a la última moda de París. Era todo un petimetre. Parecía el príncipe de la juventud dorada, transportado por arte mágica desde las orillas del Sena al riñón de Andalucía. El cuello de su camisa y el lienzo con que formaba lazo en torno de él, estaban bastante bajos para descubrir la garganta y la cerviz robusta sobre que posaba airosamente la cabeza, La estatura, más bien alta que mediana, y el talle, esbelto. El calzón ajustado de casimir, la media de seda blanca y el zapato de hebilla de plata, daban lugar a que mostrase el galán la bien formada pierna y un pie pequeño, largo y levantado por el tarso.

Sin duda las niñas contemplaron más todas estas cosas, y se deleitaron más con la dulzura de la voz del señorito que con el que nos atreveremos a calificar de idilio, la mitad de cuyas palabras estaba en griego para ellas.

Don Fadrique había reparado en todo. Como la mayor parte de los distraídos, era muy observador, y prestaba atención intensa citando se dignaba prestarla.

Los versos le parecieron regulares, no inferiores a los de Meléndez, aunque, ni con mucho, tan buenos como los de Andrés Chénier, que había oído en París. Lo que es el chico le pareció muy guapo.

Advirtió también, con cierto gusto mezclado de zozobra, que Lucía, su sobrina, había escuchado con ademán y gesto propios de quien entiende la poesía, y con cierta afición, que no atinaba él a deslindar si era meramente literaria, o reconocía otra causa más personal y más honda.

Por lo pronto, en consecuencia de tales observaciones, calificó a su sobrina, de quien hasta entonces apenas había hecho caso, de bonita y de discreta. Se puede decir que la miró concienzudamente por primera vez, y vio que era rubia, blanca, con ojos azules, airosa de cuerpo y muy distinguida. De todos estos descubrimientos no pudo menos de alegrarse, como buen tío que era; pero hizo, o creyó haber hecho, otros descubrimientos, que le mortificaban algo. «Tal vez serán cavilaciones», decía para sí.

En punto de las diez se acabó la tertulia.

Sola ya la familia, doña Antonia convocó a los criados, y en compañía de todos, y en alta voz, se rezó el rosario.

Por último, no bastando el chocolate y el refresco, que pudiera pasar por merienda, para gente que comía entonces poco después de mediodía, se sirvió la indispensable cena.

Durante este tiempo don Fadrique buscó y encontró ocasión de tener un aparte con su sobrina, y le habló de este modo:

—Niña, veo que te gustan los versos más de lo que yo creía.

Ella, poniéndose muy colorada y más bonita desde la primera palabra que el tío pronunció, respondiole, algo cortada:

—¿Y por qué no han de gustarme? Aunque criada en un lugar, no soy tan ruda.

—Basta con mirarte, hija mía, para conocer que no lo eres. Pero el que te gusten los versos no se opone a que puedan gustarte los poetas.

—Ya lo creo que me gustan. Fray Luis de León y Garcilaso son mis predilectos entre los líricos españoles —dijo Lucía con suma naturalidad.

Casi se disipó la sospecha de don Fadrique. Parecía inverosímil tanto disimulo en una muchacha de dieciocho años, que rezaba el rosario todas las noches, iba a misa y se confesaba con frecuencia.

Don Fadrique no tenía tiempo para rodeos y perífrasis, y se fue bruscamente al asunto que le mortificaba.

—Sobrina, con franqueza: ¿los versos que hemos oído los ha compuesto don Carlos para ti?

—¡Qué disparate! —respondió Lucía, soltando una carcajada.

—¿Y por qué había de ser disparate?

—Porque nada de aquello me conviene: porque yo no soy Clori.

—Bien pudieras serlo. El poeta no describe a Clori. Afirma vaga e indeterminadamente que Clori es bella, y tú eres bella.

—Gracias, tío; usted me favorece.

—No; te hago justicia.

—Sea como usted guste. Pero dígame usted, ¿de dónde sacamos a mi viejo rabadán? porque yo no doy con él.

—Pues mira, yo creí haberle encontrado.

—¿Cómo, tío, si no estaba en la tertulia más que el señor cura?

—Y yo, ¿no soy nadie?

—¿Qué quiere usted decir con eso?

—Quiero decir que tengo cincuenta años, que te llevo treinta y dos, y que no estoy loco para aspirar a que me quieran; pero los poetas fingen lo que se les antoja, y el barbilindo de don Carlos puede haber levantado esa máquina de suposiciones absurdas para escribir su idilio. En tal caso, no está muy conforme con la verdad todo aquello de que el viejo rabadán no puede ya con sus huesos, ni baila, ni corre, ni guerrea, ni es capaz de cazar lobos como el zagal. Con mi medio siglo encima, me apuesto a todo con el tal don Carlitos. Todavía, si me pongo a bailar el bolero, estoy seguro de que he de bailarle mejor que cuando mi padre me hizo que le bailara a latigazos. Y en punto a pulmones y a resuello, no ya para encaramarme al Parnaso corriendo detrás de las bacantes, no ya para tocar todas las flautas y clarinetes del mundo, sino para mover las aspas de un molino, entiendo que tengo de sobra.

—Pero, tío, si don Carlos no ha soñado en usted ni ha pensado en mí.

—Vamos, muchacha, no seas hipocritilla. A mí se me ha metido en la cabeza que ese chico te quiere, que ha sabido que yo venía a pasar aquí un mes, que ha oído decir que yo era viejo, y, con estos datos, el insolente ha supuesto lo demás.

Don Fadrique decía todo esto con risa, para embromar a su sobrina; y, aunque dudoso de su recelo, algo picado de la desvergüenza del poeta, que por otra parte no había dejado de caerle en gracia.

—Tío —dijo por último Lucía con la mayor gravedad que pudo—, usted no es el viejo rabadán. El viejo rabadán es de Villabermeja como usted: hace dos años que está establecido aquí, y merece, en efecto, las calificaciones que le prodiga el poeta, porque está muy asendereado y estropeado. El viejo rabadán se llama don Casimiro. Usted debe de conocerle.

—¡Ya lo creo! ¡Y vaya si le conozco! —dijo el comendador recordando a su antiguo adversario y víctima de la niñez.

—Pero entonces, ¿quién es Clori? —añadió enseguida.

—Clori es una linda señorita, muy amiga mía. Su madre vive con gran recogimiento y no sale ni deja salir a su hija de noche. Por eso no ha estado Clori de tertulia; pero es mi vecina, y su madre consiente en que venga conmigo de paseo, en compañía de mi madre. Si mañana quiere usted ser nuestro acompañante, iremos a las huertas, a las diez, después del almuerzo, por sendas en que haya sombra. Clori vendrá, y usted conocerá a Clori.

—Iré con mucho gusto.

—¡Ah, tío! Por amor de Dios, que no se le escape a usted lo de que don Carlos está enamorado de mi amiga y lo de que ella es Clori. Mire usted que es un secreto. Nadie más que yo lo sabe en la población. Hay que tener mucho recato, porque los padres de ella no quieren más que a don Casimiro y nada traslucen del amor de don Carlos. Yo se lo he confiado a usted para que no fuese usted a creer que yo era Clori y que sin razón de ningún género habíamos convertido a usted en viejo rabadán enclenque, a fin de dar motivo a los versos.

—Quedo satisfecho, muchacha, y no diré nada. Te aseguro ya que me interesa tu amiga Clori y, que tengo curiosidad de verla. De esta suerte, de improviso, vino don Fadrique a tener, apenas llegado, un secreto con su sobrina, a figurar en intrigas y lances de amor.

Pensando en ello, se retiró a su cuarto, como los demás se retiraron cada cual al suyo, y durmió hasta las ocho de la mañana, mejor que un mozo de veinte años.

VIII

Doña Antonia amaneció con un tremendo jaquecazo, enfermedad a que era muy propensa. Tuvo, pues, que guardar cama y no pudo acompañar a paseo a su hija Lucía; pero, como el mal no era de cuidado, y ya Lucía tenía concertado el paseo con su amiga, se decidió que el comendador las acompañase.

La amiga de Lucía vivía en la casa inmediata, Un muro separaba los patios de una casa y otra. A la hora convenida, en punto de las nueve y media, pronta ya Lucía para salir y con su tío al lado, gritó desde el patio, al pie del muro:

—Clara (así se llamaba Clori en la vida real), ¿estás ya lista?

No se hizo aguardar la contestación.

Oyose primero la voz de una criada que decía:

—Señorita, señorita, doña Lucía está llamando a su merced.

Un momento más tarde sonó en el patio contiguo una voz argentina y simpática, que respondía:

—Allá voy; sal a la calle; ¿para qué he de entrar en tu casa?

Salieron don Fadrique y doña Lucía, y hallaron ya a doña Clara en la puerta.

El comendador, a pesar de sus distracciones, miró a doña Clara con extraordinaria curiosidad. Era una niña de poco más de dieciséis años. El color de su rostro, de un moreno limpio, teñido en las mejillas y en los labios del más fresco carmín. La tez parecía tan suave, delicada y transparente, que a través de ella se imaginaba ver circular la sangre por las venas azules. Los ojos, negros y grandes, estaban casi siempre dormidos y velados por los párpados y las largas y rizadas pestañas; si bien, cuando fijaban la mirada y, se abrían por completo, brotaban de ellos dulce fuego y luz viva. Todo en doña Clara manifestaba salud y lozanía, y, sin embargo, en torno de sus ojos, fingiéndolos mayores y acrecentando su brillantez, se notaba un cerco oscuro, como el morado lirio.

Era doña Clara más alta que su amiga Lucía, bastante alta también, y, aunque delgada, sus formas eran bellas y revelaban el precoz y completo desenvolvimiento de la mujer. El cabello de doña Clara era negrísimo, las manos y el pie pequeños, la cabeza bien plantada y airosa.

Ambas amigas iban vestidas de negro, con mantilla y basquiña, y algunas rosas en el peinado.

Lucía dijo a su amiga la indisposición de su madre, y que su tío el comendador, recién llegado, de Villabermeja, las acompañaría en el paseo. Salvos los cumplimientos y ceremonias de costumbre, no hubo en la conversación nada memorable, hasta que los tres, que iban juntos, salieron de la ciudad y llegaron al campo.

La pequeña ciudad está por todas partes circundada de huertas. Muchas sendas las cortan en diversas direcciones. A un lado y otro de cada senda hay una cerca de granados, zarzamoras, mimbres y otras plantas. En muchas sendas hay un arroyo cristalino a cada lado; en otras, un solo arroyo. Todas ellas gozan, en primavera, verano y otoño, de abundante sombra, merced a los álamos corpulentos y frondosos nogales, y demás árboles de todo género que en las huertas se crían.

La tierra es allí tan generosa y feraz, que no puede imaginarse el sinnúmero de flores y la masa de verdura que ciñen las márgenes de los arroyos, esparciendo grato y campestre aroma. Campanillas, mosquetas, violetas moradas y blancas, lirios y margaritas abren allí sus cálices y lucen su hermosura.

El Sol radiante, que brilla en el cielo despejado y dora el aire diáfano, hace más espléndida la escena. Increíble multitud de pájaros la anima y alegra con sus trinos y gorjeos. En Andalucía, huyendo de la tierra de secano, buscando el agua y la sombra, se refugian las aves en estos oasis de regadío, donde hay frescura y tupidas enramadas.

Tales eran los sitios por donde paseaba el comendador con las dos bonitas muchachas. Apenas salieron de la población, tomaron la senda que llaman del medio. Ellas cogían flores, se deleitaban oyendo cantar los colorines o reían sin saber de qué. El comendador meditaba, sentía gran bienestar, gozaba de todo, aunque más tranquilamente que ellas.

Al llegar a sitio más ancho, no ya a otra senda, sino a un camino, los tres, que, por ser la senda casi siempre estrecha, habían ido uno en pos de otro, se pusieron en la misma línea. Clara estaba en el centro. Lucía dijo entonces, dirigiéndose a su tío:

—Vamos, ya habrá satisfecho usted su curiosidad. Ésta es Clori. ¿No es verdad que merece haber inspirado el idilio?

Doña Clara, que si bien más moza que Lucía, era más reflexiva y grave, sintió que su amiga hubiese confiado a su tío aquel secreto, y no pudo reprimir las muestras de su disgusto, frunciendo el entrecejo, poniéndose más seria y tiñéndose al mismo tiempo de grana sus mejillas con la vergüenza y el enojo.

Nada dijo doña Clara, a pesar de ello; pero Lucía advirtió su disgusto y prosiguió de esta suerte:

—No te ofendas Clarita. No me motejes de parlanchina. Mi tío me puso anoche entre la espada y la pared, y tuve que confesárselo todo. Tuve que disculparme y que disculpar a don Carlos. A mi tío se le metió en la cabeza que él era el viejo rabadán y que yo era Clori. Además, mi tío es muy sigiloso y no dirá nada a nadie. ¿No es verdad tío?

—Descuide usted, señorita —respondió el comendador, encarándose con doña Clara, que se puso más encarnada aún—: nadie sabrá por mí quién ha inspirado el idilio, que es, por cierto, precioso.

El comendador advirtió que Clara se tranquilizaba, si bien no acertó, con la turbación, a pronunciar palabra alguna.

Doña Lucía continuó:

—¡Vaya si es precioso el idilio! Créame usted, tío: desde Vicente Espinel hasta nuestra edad, Ronda no ha producido más ingenioso poeta que nuestro amigo don Carlos de Atienza, ilustre mayorazgo de la mencionada ciudad, el cual vive en Sevilla con sus padres, trata de tomar en aquella Universidad la borla de doctor en ambos Derechos, y ahora descuida bastante los estudios por seguir a Clori, que, desde Sevilla, se ha venido aquí de asiento con su familia, a quien usted sin duda conoce.

—Sobrina, yo no sé si tengo o no la honra de conocer a la familia de esta señorita, cuyo apellido no me has dicho. ¿Cómo un forastero recién llegado ha de adivinar la familia de quien solo sabe que se llama Clori en poesía y Clara en prosa?

—¡Ay, es verdad! ¡Qué distraída soy! No había yo dicho a usted cómo se llamaba mi amiga. Pues bien, tío: esta señorita se llama doña Clara de Solís y Roldán. Y ahora, ¿qué dice usted? ¿Conoce usted o no conoce a su familia?

Al oír en boca de Lucía el nombre y apellidos de su amiga y la última inocente pregunta, el comendador se estremeció, se turbó; el color rojo, que había teñido antes las mejillas delicadas de Clarita, se diría que había pasado con más fuerza a encender el rostro varonil de don Fadrique, curtido por el Sol de India y por los vientos de los remotos mares.

Lucía, sin advertir la turbación de su tío, siguió diciendo:

—Pero ¿qué digo a su familia? A la misma Clara es posible que usted la conozca, solo que ya no se acuerda. Cuando era ella chiquirritita, tal vez cuando ella nació, estaba usted en Lima. Clara es limeña.

Dominándose al cabo el comendador, contestó a su sobrina:

—Mal puedo acordarme y mal puedo haber olvidado a esta señorita, a quien nunca he visto. A quien sí he conocido y tratado mucho es a su señor padre; y también, a pesar de la vida retirada y austera que siempre ha hecho, tuve el gusto de tratar y ser amigo de mi señora doña Blanca Roldán. ¿Cómo está su señora madre de usted, señorita?

—Sigue bien de salud —contestó doña Clara—; pero, entregada como nunca a sus devociones, apenas se deja ver de nadie.

—¿Y el señor don Valentín, está bueno?

—Gracias a Dios, lo está —dijo Clara.

—Se ha retirado ya de la magistratura —añadió Lucía—; ha heredado los cuantiosos bienes de su hermano el mayor, que murió sin hijos, y vive aquí, donde tiene sus mejores fincas, de que Clarita es única heredera.

Como una nueva oleada de sangre subió entonces a la cara del comendador, enrojeciéndola toda. Reportándose luego, dijo de la manera más natural a su parlera sobrina:

—¿Con que esta señorita, además de ser tan guapa, es muy rica?

—Para estos lugares lo es. ¿No es verdad, tío, que es muy extraño que la quieran casar con don Casimiro? ¡Si viera usted qué viejo y qué feo está! Vamos, es ofender a Dios. Yo, si fuera el Papa, negaba la licencia que habrá que pedirle.

—Pues qué —exclamó don Fadrique—, ¿son ustedes parientes tan cercanos?

—Don Casimiro Solís es el pariente más cercano que tiene mi padre —contestó Clara.

—Sería su inmediato heredero si Clara no viviese —añadió Lucía, que no dejaba por contar nada de cuanto sabía, cuando se hallaba entre personas, como Clara y su tío, que le infundían tanta confianza y cariño.

Don Fadrique no llevó adelante la conversación. Quedó callado y como pensativo y melancólico.

En silencio continuaron, pues, paseando hasta que llegaron al nacimiento. En mitad de un bosque de encinas y olivos, que pone término a las huertas, se alza un monte escarpado, formado de riscos y peñascos enormes, que parecen como suspendidos en el aire, amenazando derrumbarse a cada momento.

Higueras bravías, jaras de varias especies, romero y tomillo, musgo, retama y otras mil hierbas, plantas y flores, nacen en las hendiduras de aquellas peñas o cubren los sitios en que no está pelada la roca viva, y hallan alguna capa vegetal donde fijar y alimentar las raíces.

Los peñascos horadados abren paso a diversas grutas o cuevas en no pocos sitios del cerro, a cuyo pie, más bajo aún que el nivel del camino, están como socavadas las piedras, formando una gruta mayor y de más grande entrada que las otras. En el fondo de esta gruta, que se ve todo sin penetrar allí, brota de una grieta, sin hipérbole alguna, un verdadero río. Por eso se llama aquel sitio el nacimiento del río, o sencillamente el nacimiento.

El agua que mana de entre las peñas cae con grato estruendo en un estanque natural, cuyo suelo está sembrado de blanquísimas y redondas piedrezuelas. Por aquel estanque se extiende mansa el agua, creando y desvaneciendo de continuo círculos fugaces; más, a pesar de los círculos, son las ondas de tal transparencia, que a través de ellas se ve el fondo, aunque está a más de vara y media de profundidad, y en él pueden contarse las guijas todas.

En la margen del pequeño lago crecen juncos, juncia, berros y otras plantas acuáticas.

El estanque o lago llena la gruta y se dilata buen espacio fuera de ella, reflejando el ciclo en su cristal. A derecha y a izquierda hay dos acequias, por donde el agua corre, dividiéndose después en infinitos arroyuelos, y yendo a regar las mil y quinientas huertas que hacen del término de aquella pequeña ciudad un verde y florido paraíso.

Como todo por aquellas cercanías es terreno quebrado, el agua baja a las hondonadas con ímpetu brioso: a veces se precipita en cascadas, y a veces pone en movimiento aceñas, batanes y martinetes. No obstante, cerca del nacimiento el agua va por tierra llana, con sosegada corriente y apacible murmullo, sin que haya ruido mayor en aquella amena soledad que el que produce el nacimiento mismo; el golpe del agua que brota de la peña y cae dentro de la gruta.

A la orilla del estanque rústico hay varios sauces, y, junto al tronco del más alto y frondoso un poyo o asiento de piedra. Allí estaba sentado el poeta rondeño don Carlos de Atienza cuando llegaron el comendador, su sobrina y doña Clara.

Don Fadrique, como si anhelase apartar de sí tristes y enojosos pensamientos, impropios de su carácter y risueña filosofía, se pasó la mano por la frente, y creyendo que recobraba su serena y alegre condición, dijo en voz alta:

—Hola, ilustre poeta, ¿qué nuevo idilio compone usted en estas soledades?

Don Carlos se levantó del asiento, y yendo hacia los recién venidos, dijo:

—Buenos días, señor don Fadrique. Beso los pies de ustedes, señoritas.

El comendador le allanó el camino para que se viniese con él y con las niñas y los acompañase un rato en el paseo. Habló a don Carlos de sus estudios, le ponderó lo mucho que le agradaba la poesía, le encomió el idilio y se le hizo repetir.

No podía haber dado mayor gusto a don Carlos, ni mayor satisfacción de amor propio; porque, como todos los que escriben, han escrito o escribirán versos en el mundo, era don Carlos aficionadísimo a recitarlos en presencia de un benévolo y discreto auditorio, y siempre se inclinaba a calificarle de discreto, con tal de que fuese benévolo.

Don Fadrique miró con disimulo, pero con mucha atención, a Clarita mientras que don Carlos recitó el idilio. Si aun le hubiera quedado la menor duda de que Clara era Clori, la duda se hubiera disipado. A Clarita, valiéndonos de una expresión en extremo vulgar, si bien muy pintoresca, un color se le iba y otro se le venía mientras los versos duraron. Ya se ponía pálida, ya se cubrían de púrpura sus mejillas. Hasta cuando exclamó don Carlos recitando:

Pues ¡qué! ¿te he dado en balde tanta prueba
De amor?

vio o imaginó ver don Fadrique que los párpados de doña Clara se contraían más de lo ordinario, como para recoger y ocultar indiscretas lágrimas, que ansiaban por brotar de los hermosos ojos.

Después de recitados los versos, don Carlos, menos atrevido en prosa, apenas se acercó a Clara, y no le dijo palabra que todos no oyesen. Solo con Lucía habló en voz baja y como en secreto.

Los cuatro se internaron, prosiguiendo el paseo y volviendo a la ciudad por otro camino, en medio de una frondosísima alameda. Allí Clara, o adelantándose o quedándose atrás y dejando al comendador con su sobrina, hubiera podido hablar a su placer con don Carlos; pero no parecía sino que le tenía miedo, que temblaba de oír su voz sin testigo, y que deseaba demostrar a los ojos del comendador que no quería pertenecer a don Carlos, sino a don Casimiro. Ello es que en los lugares más agrestes, Clara no se apartaba del lado de don Fadrique, como si temiese que saliese una fiera a devorarla y buscase en él su amparo y defensa.

¿Quién sabe lo que pasaba en aquellos instantes en el alma del comendador? Lo cierto es que casi no se atrevía a hablar a Clara; pero de repente, en una ocasión en que don Carlos y Lucía se adelantaron y se perdieron de vista entre los árboles, el comendador detuvo a Clara, la contempló de un modo extraño y dulce, y tomando su semblante una expresión solemne y en cierto modo venerable, exclamó:

—¡Hija mía! Es usted muy buena, muy hermosa... inocente de todo; Dios bendiga a usted y la haga tan feliz como merece.

Y diciendo esto, alzó las manos como para bendecir a la muchacha, tomó su cabeza entre ellas y le dio en la frente un beso.

Clara halló, sin duda, muy raro todo aquello, fuera del uso y del estilo común; pero la cara de don Fadrique estaba tan seria, y su expresión era tan simpática y noble, que, a pesar de las ideas con que personajes devotos habían manchado precozmente la conciencia de la niña, hablándole de pecados y faltas, Clara no pudo ver allí ningún atrevimiento liviano.

Más aún se afirmó en la idea de lo puro e impecable del extraño e inesperado beso, cuando le dijo el comendador:

—Don Carlos me parece un mozo excelente. ¿Le ama usted mucho?

Había en el acento de don Fadrique un suave imperio, al que Clara no supo resistir.

—Le he amado mucho —contestó—, pero yo acertaré a no amarle. He sido muy culpada. Sin que lo sepa mi madre le he querido. En adelante no le querré. Seré buena hija. Obedeceré a mi madre. Ella sabe mejor que yo lo que me conviene.

Don Fadrique no se atrevió a replicar ni a hacer un discurso subversivo de la autoridad materna.

A poco volvieron a reunirse en un solo grupo los cuatro.

Antes de entrar de nuevo en la ciudad, don Carlos se despidió del comendador y de las dos señoritas, y se fue por otros sitios.

Apenas Lucía y su tío dejaron a Clara a la puerta de su casa, el tío preguntó a la sobrina:

—¿Qué te ha dicho don Carlos?

—¿Qué ha de decir? Que está desesperado; que Clara le desdeña, que le rechaza, y que, por obedecer a su madre, se casará con don Casimiro.

—Y don Valentín, ¿qué hace?

—Nada. ¿Qué quiere usted que haga? Pues qué, ¿ignora usted que don Valentín es un gurrumino? Una mirada de doña Blanca le confunde y aterra; una palabra de enojo de aquella terrible mujer hace que tiemble don Valentín como un azogado.

—De suerte que doña Blanca es quien ha decidido el casamiento de Clara con don Casimiro.

—Sí, tío; en esa casa doña Blanca es quien lo decide todo. Ella manda y los demás obedecen. No se atreven a respirar sin su licencia. No se puede negar que doña Blanca tiene mucho talento y es una santa. Sabe más de las cosas de Dios que todos los predicadores juntos. Reza muchísimo; lee y estudia libros piadosos; lleva una vida ejemplar y penitente, y hace muchas limosnas a los pobres y a las iglesias; pero, a pesar de tantas virtudes y excelentes prendas, nada tiene de amable. Antes al contrario, es terrible. A mí me pone miedo.

—No lo dudo, sobrina; ya era como tú la describes cuando yo la conocí.

—¡Ay, tío! ¿Y la veía usted con frecuencia?

—No con frecuencia, sobrina; pero al fin la traté algo.

—No extrañe usted que en una semana no vengan a casa, ni para cumplir. Doña Blanca vive con la mente tan lejos de todo, y se resiste tanto a que le cuenten cosas del mundo exterior que distraigan su espíritu de la contemplación íntima en que vive, que de seguro ni ella ni su pobre marido sabrán que usted ha llegado. Don Valentín no creo que sea hombre muy interior, espiritual y contemplativo; pero como tiene tanto miedo a su mujer y quiere darle gusto siempre, vive también a lo místico, apartado del trato humano, y yo le juzgo capaz de azotarse con unas disciplinas, no tanto por amor de Dios, cuanto por amor y por miedo de doña Blanca.

Don Fadrique escuchaba y callaba. No tenía humor de despegar los labios. Lucía, que era aficionada a hablar, soltó la tarabilla y prosiguió diciendo:

—¡Pobre Clara! Figúrese usted lo divertida que estará. Yo no lo dudo; ella se irá al cielo; pero ¡qué! ¿no puede ir uno al cielo con menos trabajo? No acierto a ponderar a usted los prodigios de astucia, los portentos de habilidad, aunque esté mal que yo me alabe, que he tenido que hacer para ganarme un poco la voluntad y la confianza de doña Blanca y lograr que su hija se trate conmigo y salga a veces en mi compañía. Si no fuera por mí, Clara estaría como enterrada en vida, entre cuatro paredes. No sé cómo ha podido entenderse con don Carlos. Gracias a que él es muy listo y capaz de todo. Clara ha estado con él, no diré que en relaciones, sino casi en relaciones. Ello es que Clara le amaba. Luego ha tenido remordimientos de amar a un hombre a escondidas de su madre, y sobre todo cuando su madre la destina para otro. Así es que ahora rechaza al pobre don Carlos, y, el infeliz zagal Mirtilo se muere de pena.

El comendador oía con interés a su sobrina, y no ponía en la conversación ni una exclamación siquiera. Parecía que se había quedado mudo o que no sabía qué decir.

—Clara —prosiguió Lucía—, ahora que cree pecado amar a don Carlos, y que no halla posible oponerse a la voluntad de su madre, piensa a veces en ser monja; pero ni este deseo se atreve a confiar a su madre. Considera ella, en primer lugar, que no es buena su vocación; que quiere tomar el velo por despecho y como desesperada; y, por otra parte, cree que decir a su madre que quiere ser monja es un acto de rebeldía, es oponerse a su voluntad de casarla con don Casimiro. ¿Qué piensa usted de la situación de mi desgraciada amiga?

Interrogado tan directamente el comendador, tuvo al cabo que romper el silencio; pero respondió con laconismo:

—Mala es, en verdad, la situación; pero, ¿quién sabe? Todo tiene remedio menos la muerte. Entre tanto —añadió don Fadrique, hablando con lentitud y bajo, dejando caer las palabras una a una, como si le costasen grandes esfuerzos, y como si en vez de responder a su sobrina hablase consigo mismo y a sí propio se respondiese—; entre tanto, doña Blanca es discreta, es piadosa y es buena madre. Razones de mucho peso tiene... sin duda... para querer casar a su hija con don Casimiro. En fin, muchacha, sigue siendo buena amiga de Clara; pero no caviles ni formes juicios acerca de la conducta de doña Blanca. Voy, además, a hacerte otra súplica.

—Mande usted, tío.

—Es algo difícil lo que exijo de ti.

—¿Por qué?

—Porque te gusta hablar, y lo que exijo es que calles.

—¿Y qué he de callar? Ya verá usted cómo me callo. Yo no quiero que usted se disguste y forme mal concepto de mí.

—Pues bien; calla que me has puesto al corriente de los amores de don Carlos y doña Clara, y calla también cuanto sabes acerca de estos amores.

—¡Tío, por amor de Dios! No me crea usted tan amiga de contarlo todo. El pícaro idilio tiene la culpa. Sin el idilio, ni a usted le hubiera yo confiado nada.

Oído esto, sonrió el comendador a su sobrina; y como ya estaban en la casa, se apartó de la muchacha, yéndose algo meditabundo y ensimismado, cual si procurase resolver un difícil problema.

IX

Mientras el comendador y Lucía tenían el diálogo de que acabamos de dar cuenta, Clara había entrado en el cuarto de su madre.

Doña Blanca estaba sentada en un sillón de brazos. Delante de ella había un velador con libros y papeles. Don Valentín estaba allí, sentado en una silla, y no muy distante de su mujer.

El aspecto de doña Blanca era noble y distinguido. Vestida con sencillez y severidad, todavía se notaban en su traje cierta elegancia y cierto señorío. Tendría doña Blanca poco más de cuarenta años. Bastantes canas daban ya un color ceniciento a la primitiva negrura de sus cabellos. Su semblante, lleno de gravedad austera, era muy hermoso. Las facciones, todas de la más perfecta regularidad.

Era doña Blanca alta y delgada. Sus manos, blancas, parecían transparentes. Sus ojos, negros como los de su hija, tenían un fuego singular e indefinible, como si todas las pasiones del cielo y de la tierra y todos los sentimientos de ángeles y diablos hubiesen concurrido a crearle.

Don Valentín, tímido y pacífico, enamorado de su mujer en los primeros años de matrimonio, y lleno después de consideración hacia ella, no se atrevía a chistar en su presencia, si ella no le mandaba que hablase.

Era don Valentín un virtuoso caballero, pero débil y pusilánime. Había sido, por amor y respeto a su honra, un magistrado íntegro. Nada había podido apartarle del cumplimiento de su deber, y hasta había mostrado admirable entereza fuera de casa, donde la entereza, por grande que deba ser, basta con que dure un instante; pero en la casa, con la doméstica tiranía de una mujer dotada de voluntad de hierro, cuya presión es perpetua e incesante, don Valentín no había sabido resistir, y había abdicado por completo. La hacienda, los negocios, la educación de la hija, todo dependía y todo era dirigido y gobernado por doña Blanca.

El aspecto de don Valentín era insignificante y neutral.

Ni alto ni bajo, ni pelinegro ni rubio, ni flaco ni gordo. Parecía, con todo, un señor, por decirlo así, muy correcto en sus modales, en su continente y en su habla. La devota sumisión a su mujer añadía a dicha calidad de correcto una tintura de mansedumbre.

Don Valentín había sido en su mocedad muy buen católico, pero sin fervor penitente y sin inclinaciones místicas y contemplativas. Ahora, por no desazonar a su mujer, se esforzaba por remedar a San Hilarión o a San Pacomio.

Tenía don Valentín cerca de sesenta años de edad, pero parecía mucho más viejo, porque no hay cosa que envejezca y arruine más el brío y la fortaleza de los hombres que esta servidumbre voluntaria y espantosa, a que por raro misterio de la voluntad se someten muchos, cediendo a la persistencia endemoniada de sus mujeres.

No bien entró Clara en el cuarto, doña Blanca le preguntó:

—¿Dónde has estado, niña?

—Mamá, en el nacimiento.

—No sé cómo tiene pies mi señora doña Antonia para dar paseos tan disparatados. Con ir y volver, eso es andar cerca de una legua.

—Doña Antonia no ha estado hoy con nosotras —dijo Clara, no atreviéndose a mentir, ni siquiera a disimular.

El rostro de doña Blanca tomó cierta expresión de sorpresa y de notable desagrado.

—Entonces ¿quién os ha acompañado en el paseo? —preguntó doña Blanca.

—No se enoje usted, mamá: hemos ido bien acompañadas.

—Sí; pero ¿por quién? ¿Por alguna fregona? ¿Por alguna tía cualquiera?

—Mire usted, mamá, doña Antonia tenía la jaqueca y no pudo acompañarnos. En su lugar ha venido con nosotras el tío de Lucía.

—¿Y quién es ese tío?

—Un señor marino que estuvo en la India y en el Perú, que dice que conoce a usted, que hace poco ha venido a vivir a Villabermeja, y que anoche llegó aquí a pasar una temporada.

—Ese es el comendador Mendoza —dijo don Valentín, con cierto júbilo de saber que había llegado un antiguo amigo.

—Justamente, papá, así se llama: el comendador Mendoza; un señor muy fino, si bien algo raro.

—Oye, Blanca, será menester que vayamos a ver al comendador, que vive sin duda en casa de su hermano —exclamó don Valentín.

—Cumpliremos con ese deber que la sociedad nos impone —dijo doña Blanca con reposo y dignidad serena—; pero tú, Clara, no debes volver a salir de paseo ni tratarte con ese hombre malvado e impío. Si la santa fe de nuestros padres no estuviera tan perdida; si las perversas doctrinas del filosofismo francés no nos hubiesen inficionado, ese hombre, en vez de vestir el honroso uniforme de la marina, vestiría el sambenito; en vez de andar libre por ahí, piedra de escándalo, fermento de impiedad, levadura del infierno, corrompiendo lo que aun en el cuerpo social se conserva sano, estaría en los calabozos de la Inquisición o ya hubiera muerto en la hoguera.

Clara se aterró al oír en boca de su madre aquella diatriba. Se representó en su mente al comendador como a un personaje endiablado; y, acordándose del tierno beso que de él había recibido, se llenó toda de espanto y de vergüenza.

Don Valentín, con el recuerdo del comendador, que le traía a la imaginación mejores tiempos, cuando él estaba menos viejo y menos sumiso, se sentía, contra su costumbre, con ánimo de contradecir y no someterse del todo. Así es que dijo:

—¡Válgame Dios, mujer, qué falta de caridad es esa! Eres injusta con nuestro antiguo amigo. No te negaré yo que era algo esprit fort en su mocedad pero ya se habrá enmendado. Por lo demás, siempre fue el comendador pundonoroso, hidalgo y bueno. ¿Qué tienes tú que decir contra su moralidad?

—Cállate, Valentín, que no dices más que sandeces. Y las llamo sandeces, por no calificarlas de blasfemias. ¿Qué moralidad, qué hidalguía, qué virtud puede haber donde faltan la religión y las creencias, que son su fundamento? Sin el santo temor de Dios toda virtud es mentira y toda acción moral es un artificio del diablo para engañar a los bobos que presumen de discretos y que no subordinan su juicio a los que saben más que ellos. Ya lo he dicho y lo repito: el comendador Mendoza era un impío y un libertino, y seguirá siéndolo. Nosotros iremos a visitarle para no chocar, procurando no hallarle en casa y ver solo a doña Antonia y a su bendito marido. En cuanto a Clarita, se buscará un pretexto cualquiera para que no salga más con Lucía, exponiéndose a ir en compañía de ese renegado, jacobino, volteriano y ateo. Primero confiaría yo a Clara al cuidado de la más vil y pecadora de las mujeres. Esta mujer, con el auxilio de la religión, puede regenerarse y llegar a ser una santa; pero de quien niega a Dios o le aborrece, del empedernido de toda la vida, ¿qué esperanza es lícito concebir?

Clarita y don Valentín se compungieron y amilanaron con el sermón de doña Blanca, y nada supieron contestarle.

Quedó, pues, resuelto que Clarita, por culpa del comendador y para que no se contaminase, no volvería a pasear con Lucía.

X

Las resoluciones de doña Blanca Roldán eran irrevocables y efectivas. Ella sabía darles cumplimiento con calma persistente.

Una mañana, después de oír misa con don Valentín, estuvo doña Blanca a visitar a doña Antonia y a felicitarla por la venida de su cuñado; y fue con tal tino, que no se hallaba el comendador en casa.

Ni antes ni después de esta visita se dejaron ver doña Blanca y don Valentín de sus vecinos y amigos. Retirados siempre en el fondo del antiguo caserón en que vivían, y pretextando enfermedades, no recibían visitas, a pesar de lo difícil y odioso que es negarse a recibir, estando en casa, cuando se vive en un pueblo pequeño.

En balde intentó repetidas veces Lucía sacar a paseo a Clara. Siempre que envió recado, le contestaron que Clara estaba mal de salud o muy ocupada y que le era imposible salir.

Lucía fue ella misma a ver a Clara, y solo dos veces pudo verla, pero en presencia de su madre.

Estas pruebas de retraimiento y hasta de desvío estaban suavizadas por una extremada cortesía de parte de doña Blanca; aunque bien se dejaba conocer que si esta señora ponía de su parte cuantos medios le sugería su urbanidad a fin de no dar motivo de agravio, preferiría agraviar, si por agraviado se daba alguien, a cejar un punto en su propósito.

Fuera del día en que visitó a doña Antonia, no ponía doña Blanca los pies en la calle sino de madrugada, para ir a la iglesia, a misa y demás devociones. Don Valentín la acompañaba casi siempre, como un lego o doctrino humilde, y Clara la acompañaba siempre, sin osar apenas levantar los ojos del suelo.

Lucía, cavilando sobre las causas de aquella poco menos que completa ruptura de relaciones, llegó a temer que doña Blanca hubiese averiguado los amores de Clara con don Carlos de Atienza, la presencia de éste en la ciudad y la entrada y protección con que contaba en su casa.

Doña Clara no hablaba a solas ni escribía a su amiga; por los criados nada podía averiguarse, porque los de doña Blanca eran forasteros casi todos, y o no tenían confianza en la casa, o, hacían una vida devota y apartada, imitando y complaciendo así a sus amos.

Solo podía afirmarse que la única persona que entraba de visita en casa de don Valentín era su cercano pariente don Casimiro.

De esta suerte se pasaron diez días, que a don Carlos, a Lucía y al comendador parecieron diez siglos, cuando al anochecer, en una hermosa tarde, el comendador estaba en el patio de la casa solo con su sobrina. Ésta traía con su tío una conversación muy animada, mostrándole las plantas y las flores que en arriates y en multitud de tiestos adornaban aquel patio, contiguo, como ya hemos dicho, al de la casa de don Valentín. Salvando el muro divisorio, la voz de ambos interlocutores podía llegar al patio inmediato. La voz llegó, en efecto, porque en medio de la conversación sintieron Lucía y el comendador el ruido de un pequeño objeto pesado que caía a sus pies. Lucía se bajó con prontitud a recogerle, y no bien le tuvo en la mano, dijo a su tío, toda alborozada y en voz baja:

—Es una carta de Clarita. ¡Qué buena es! Me quiere de veras. Menester es conocerla como yo la conozco, para estimar lo que vale esta fineza de su amistad. ¡Burlar por mí la vigilancia de su madre! ¡Escribirme furtivamente! Calle usted... tío... si parece imposible. ¡Por mí, esa infeliz, que es una santa, ha faltado a su deber de obediencia filial! ¿Y cómo, dónde, a qué hora habrá podido escribirme? Vamos... si le digo a usted que es un milagro de cariño. Y la picarita ¿con qué angustia habrá estado espiando la ocasión de echarme la carta, segura de que yo la recogería? ¡Benditas sean sus manos!

Y diciendo esto había desatado el papel de la china en que venía liado con un hilo, y se diría que quería comérsele a besos.

—Ven a leer esa carta —dijo el comendador—, donde haya luz y donde no vengan a interrumpirnos. En el despacho no hay nadie y ahora acaban de encender el velón. Ven, que es ya de noche y aquí no verás.

Lucía fue al despacho con su tío, y con acento conmovido, casi al oído del comendador, leyó lo siguiente:

«Mi querida Lucía: De sobra conoces tú lo mucho que te quiero. Considera, pues, cuánto me afligirá verte tan poco y no poder hablarte. Mi madre lo exige, y una buena hija debe complacer a su madre. No creas que mi madre ha sospechado nada de mis desenvolturas con don Carlos de Atienza. Me echo a temblar al representarme que hubiera podido sospecharlo. Nadie sabe más que tú, el comendador y yo, que don Carlos me pretende; pero Dios sabe mi pecado, del que estoy arrepentida. Ha sido enorme perversidad en mí dar alas a ese galán con miradas dulces y profanas sonrisas... casi involuntarias... te lo juro. No por eso me pesan menos en la conciencia. Algo he hecho yo, o arrastrada por mi maldad nativa, o seducida por el enemigo común de nuestro linaje, para alborotar a ese mozo, hacerle abandonar su Universidad y sus estudios, y moverle a venir aquí en persecución mía. En medio de todo, harto tengo que agradecer a Jesús y a María Santísima, que se apiadan de mí, a pesar de lo indigna que soy, y disponen que no se solemnice mi falta con el escándalo. Favor sobrenatural del cielo es, sin duda, el que siga oculto el móvil que ha impulsado a don Carlos a venir aquí. La gente cree que vino y está aquí por ti. ¡Cuánto debo agradecerte que cargues con esta culpa! Si yo no hubiera sido atrevida, si yo no hubiera animado a don Carlos, si yo hubiera tenido la severidad y el recato convenientes, no me vería ahora en tan amargo trance. ¡Ay, mi querida Lucía! El corazón humano es un abismo de iniquidad... y de contradicciones. ¿Quieres creer que, si por un lado me desespero de haber dado ocasión para que don Carlos haya venido persiguiéndome, por otro lado me lisonjea, me encanta que haya venido, y advierto que si no hubiera venido sería yo más desgraciada? En medio de todo... no lo dudes... yo soy muy mala. Estoy avergonzada de mi hipocresía. Estoy engañando a mi madre, que es tan perspicaz. Mi madre me juzga demasiado buena... y vela por mí, como el avaro por su tesoro, cuando el tesoro está ya perdido. No acierto a decírtelo para que no te enojes, y, no obstante, quiero decírtelo. No cumpliría con un deber de conciencia si no te lo dijese. La causa de que mi madre me aparte de ti es tu tío. A mí me pareció un caballero muy fino y bueno; pero mi madre asegura ¡qué horror! que no cree en Dios. ¿Es posible ¡hija mía! que hiera el demonio con tan abominable ceguedad los ojos de algunas almas? ¿Se comprende que la copia, la imagen, la semejanza, renieguen del original divino, que les presta el único valor y noble ser que tienen? Si ello es cierto, si el comendador está obcecado en sus impiedades, ármate de prudencia y pide al cielo que te salve. Procura también traer a tu tío al buen camino. Tú tienes extraordinario despejo y don de expresarte con primor y entusiasmo. El Altísimo, además, se vale a menudo de los débiles para sus grandes victorias. Acuérdate de David, mancebo, que era un pastorcillo sin fuerzas, y venció y derribó al gigante en el valle del Terebinto. ¿Cuántas hermanas, hijas, madres y esposas no han logrado convencer a sus descarriados maridos, hermanos, hijos o padres? A gloria parecida debes aspirar tú, y Dios te premiará y te dará brío para alcanzarla. En cuanto a mí, aun siendo tan niña, soy una miserable pecadora, y bastante tarea tengo con llorar mis locuras y apaciguar la tempestad de encontrados sentimientos que me destrozan el pecho. Dame la última y mayor prueba de amistad. Persuade a don Carlos de que no le amo. Dile que se vuelva a Sevilla y me deje. Convéncele de que soy fea, de que gusto de don Casimiro, de que mi ingratitud hacia él merece su desprecio. Yo debiera haberle hablado en este sentido; pero soy tan débil y tan tonta, que no hubiese atinado a decírselo, y tal vez le hubiera inducido estúpidamente a que creyese todo lo contrario. Por amor de Dios, Lucía de mi alma, despide por mí a don Carlos. Yo no puedo, no debo ser suya. Que se vaya; que no disguste por mí a sus padres; que no pierda sus estudios; que no motive un escándalo cuando se sepa que vino por mí y que yo soy una malvada, provocativa, seductora, quién sabe... Adiós. Estoy apuradísima. No tengo a nadie a quien confiar mis cosas, con quien desahogar mis penas, a quien pedir consejo y remedio. Espero con ansia la llegada del padre Jacinto, que es el oráculo de esta casa. Sé que lo que yo le diga caerá como en un pozo, y que sus consejos son sanos. Es el único hombre que tiene algún imperio sobre mi madre. ¿Cuándo vendrá de Villabermeja? Adiós, repito, y ama y compadece a tu —Clara».

XI

Esta carta inocente, tan propia de una niña de dieciséis años, discreta y educada con devoción y recogimiento, gustó mucho al Comendador; pero también le dio no poco que pensar. No entraremos nosotros en el fondo de su alma a escudriñar sus pensamientos, y nos limitaremos a decir que tomó tres resoluciones, de resultas de aquella lectura.

Fue la primera buscar modo de ver y de hablar a la severísima doña Blanca: la segunda, sondear bien el ánimo de don Carlos para conocer hasta qué punto amaba de veras a la niña y merecía su amor: y la tercera, tratar con el padre Jacinto y proporcionarse en él un aliado para la guerra que tal vez tendría que declarar a la madre de Clarita.

A fin de conseguir lo primero, en vez de escribir pidiendo una audiencia, que con cualquier pretexto y muy políticamente se le hubiera negado, discurrió don Fadrique levantarse al día siguiente de madrugada, aguardar en la calle a doña Blanca cuando ella saliese para acudir a la iglesia, e ir derecho a hablarle, sin miedo alguno.

Así lo hizo el Comendador. Doña Blanca, antes de las seis, apareció en la calle con Clarita y don Valentín. Iban a misa a la iglesia Mayor. Apenas los vio salir don Fadrique, se acercó muy determinado, y saludando cortésmente, con sombrero en mano, dijo:

—Beso a usted los pies, mi señora doña Blanca. Dichosos los ojos que logran ver a usted y a su familia. Buenos días, amigo don Valentín. Clarita, buenos días.

Don Valentín, al oírse llamar amigo tan blandamente y por una voz conocida y simpática, no se pudo contener; no reflexionó, se dejó llevar del primer ímpetu cariñoso y se fue hacia don Fadrique con los brazos abiertos. Por dicha, no obstante, don Valentín tenía la inveterada costumbre de no hacer la menor cosa, sin mirar antes a su mujer para notar la cara que ponía y si le retraía de consumar o le alentaba a que consumase su conato de acción. A pesar, pues, de lo entusiasmado que iba a abrazar a don Fadrique, el instinto le indujo a que mecánicamente volviera la cara hacia doña Blanca, antes de llegarse a dar el abrazo. Indescriptible es lo que vio entonces en los fulminantes ojos de su mujer. Casi no se puede describir el efecto que te produjo aquella mirada. Creyó don Valentín leer en ella el más profundo desdén, como si le acusase de una humillación estólida, de una bajeza infame; y creyó ver, al mismo tiempo, la ira y la prohibición imperiosa de que llevase a cabo lo que se había lanzado a ejecutar. El terror sobrecogió de tal suerte el ánimo de don Valentín, que se paró, se quedó inmóvil de súbito, como si se hubiera convertido en piedra. Solo con voz apagada y apenas perceptible exhaló, por último, como lánguido suspiro, un

—Buenos días, señor don Fadrique.

—Buenos días —dijo también Clara, no con más aliento que su padre.

Doña Blanca miró de pies a cabeza al Comendador, y con reposo y suave acento, sin alterarse ni descomponerse en lo más mínimo, le habló de esta manera:

—Caballero: Dios, que es infinitamente misericordioso, tenga a usted en su santa guarda. No por amor suyo, de que usted carece, sino por el mundano honor de que usted se jacta y por los respetos y consideraciones que todo hombre bien nacido debe a las damas, ruego a usted que no nos distraiga del camino que llevamos, ni perturbe nuestra vida retirada y devota.

Y dicho esto, hizo doña Blanca al Comendador una ceremoniosa y fría reverencia, y echó a andar con sosegada gravedad, siguiéndola don Valentín y llevando delante a Clara.

Don Fadrique pagó la reverencia con otra: se quedó algo atolondrado, y dijo entre dientes:

—Está visto: es menester acudir a otros medios.

No bien la familia de Solís se hubo alejado treinta pasos del Comendador, vio éste que doña Blanca se volvía a hablar con su marido.

Es evidente que el Comendador no oyó lo que le decía: pero el novelista todo lo sabe y todo lo oye. Doña Blanca, que trataba siempre de usted y con el mayor cumplimiento a su señor marido, cuando le echaba un sermón o reprimenda, le habló así, mientras Clara iba delante:

—Mil veces se lo tengo dicho a usted, señor don Valentín. Ese hombre, que usted se empeñó en introducir en casa, allá en Lima, es un libertino, impío y grosero. Su trato, ya que no inficione, mancha o puede manchar la acrisolada reputación de cualquiera señora. Yo tuve necesidad poco menos que de echarle de casa. Motivos hubo, en su falta de miramientos y hasta de respeto, para que en otras edades bárbaras, olvidando la ley divina, alguien le hubiera dado una severa lección, como solían darlas los caballeros. Esto no había de ser: era imposible... Nada que más repugne a mi conciencia: nada más contrario a mis principios: pero, hay un justo medio... Delito es matar a quien ha ofendido... pero es vileza abrazarle. Señor don Valentín, usted no tiene sangre en las venas.

Todo esto lo fue soltando, despacio y bajo, casi en el oído de don Valentín, su tremenda esposa doña Blanca.

Fueron tan duras y crueles las últimas frases, que don Valentín estuvo a punto de alzar bandera de rebelión, armar en la calle la de Dios es Cristo y contestar a su mujer lo que merecía: pero el olor de mil flores regalaba el olfato; la gente pasaba con alegre aspecto; el día estaba hermosísimo, la paz reinaba en el cielo; un fresco vientecillo primaveral oreaba y calmaba las sienes más ardorosas; la familia de Solís iba al incruento sacrificio de la misa: Clara marchaba delante tan linda y tan serena; ¿cómo turbar todo aquello con una disputa horrible? Don Valentín apretó los puños y se limitó a exclamar con acento un si es no es colérico:

—¡Señora!...

Luego añadió para sí, cuidando mucho de que no lo oyese doña Blanca:

—¡Maldita sea mi suerte!

Y no bien lanzada la exclamación, se asustó don Valentín de la blasfema rebeldía contra la Providencia que su exclamación implicaba, y se tuvo un instante por primo hermano del propio Luzbel.

Como se ve, el éxito del Comendador en este primer intento de reanudar relaciones amistosas con la familia de Solís, no pudo ser más desgraciado.

XII

No se arredró por eso nuestro héroe.

Aguardó un rato en medio de la calle a fin de que no pudiese decir ni pensar doña Blanca que él la seguía, y al cabo se fue a la iglesia Mayor, a donde sabía que la familia de Solís se había encaminado.

Don Fadrique no iba allí, sin embargo, con el intento de acercarse a doña Blanca otra vez y de sufrir nueva repulsa, sino a fin de hallar a don Carlos, quien, a su parecer, no podía menos de estar en la iglesia, ya que no había otro medio de ver a Clara.

En efecto, don Fadrique entró en la iglesia y se puso a buscar al poeta, a la sombra de los pilares y en los sitios donde menos se nota la presencia de alguien. Pronto le halló, detrás de un pilar y no lejos del altar mayor. Parecía don Carlos tan embebido en sus oraciones o en sus pensamientos, que nada del mundo exterior, salvo Clara, podía distraerle ni llamarle la atención.

Llegó, pues, don Fadrique hasta ponerse a su lado. Entonces advirtió que Clara estaba no muy lejos, de rodillas, al lado de su madre; que don Carlos la miraba, y que ella, si bien fijos casi siempre los ojos en su libro de rezos, los alzaba de vez en cuando rápidamente, y miraba con sobresalto y ternura hacia donde estaba el galán, declarando así que le veía, que se alegraba de verle, y que tenía miedo y cierto terror de profanar el templo y de pecar gravemente engañando a su madre y alentando a aquel hombre, de quien decía que no podía ser esposa.

No ha de extrañarse que todo esto se viera en las miradas de Clarita. Eran miradas transparentes, en cuyo fondo fulguraba el alma como diamante purísimo que por maravilla ardiese con luz propia en el seno de un mar tranquilo.

El comendador estuvo un rato observando aquella escena muda, y se convenció de que ni doña Blanca ni don Valentín recelaban nada de los amores de la niña. Calculó, no obstante, que su presencia allí podría atraer hacia él la mirada de doña Blanca, excitar de nuevo su ira, hacerle reparar en el gentil mancebo que estaba a su lado, y darle a sospechar lo que no había sospechado todavía.

Entonces, si bien con pena de interrumpir aquellos arrobos y éxtasis contemplativos, tocó en el hombro a don Carlos y le dijo casi a la oreja:

—Perdóneme usted que te distraiga de sus devociones y que turbe la visión beatífica de que sin duda goza; pero me urge hablar con usted. Hágame el favor de venir conmigo, que tengo que hablarle de cosas que le importan muchísimo.

Sin aguardar respuesta echó a andar don Fadrique, y don Carlos, si bien con disgusto, no pudo menos de seguir sus pasos.

Ya fuera de la iglesia, salió don Fadrique al campo; don Carlos fue en pos de él; y cuando se hallaron en sitio solitario, donde nadie podía oírlos ni interrumpir la conversación, don Fadrique se explicó en estos términos:

—Vuelvo a pedir a usted perdón de mi atrevimiento en obligarle a abandonar la iglesia, y más aún en mezclarme en asuntos de usted sin título bastante para ello. Apenas conozco a usted Esta es la séptima o la octava vez que le hablo. A Clarita la he visto hoy por segunda vez en mi vida. Sin embargo, el bien de Clarita y el de usted me interesan mucho. Atribúyalo usted a un absurdo sentimentalismo; al afecto que profeso a mi sobrina Lucía, que llega a ustedes de rechazo; a lo que usted quiera. Lo que le ruego es que me crea un hombre leal y franco, y no dude de mi buena voluntad y mejores propósitos. Quiero y puedo hacer mucho en favor de usted. En cambio, aspiro a que oiga usted mis consejos y a que los siga.

Don Carlos oyó al comendador atentamente y con muestras de respeto y deferencia. Luego le contestó:

—Señor don Fadrique, por usted y por ser usted el tío de la señorita doña Lucía, tan bondadosa y excelente, estoy dispuesto a oír a usted y hasta a obedecerle en cuanto esté de mi parte, sin considerar el provecho que por mi obediencia usted me promete.

—No me he explicado bien —replicó don Fadrique—. Yo no prometo premios en pago de obediencias: lo que quiero significar es que de seguir usted ciertos consejos míos se ha de alcanzar naturalmente lo que de otra suerte se malogrará acaso, con gran pesar de todos.

—Aclare usted su pensamiento —dijo don Carlos.

—Quiero decir —prosiguió don Fadrique—, que este modo que tiene usted de enamorar a Clarita no va, días hace, por buen camino. Hasta ahora nadie sospecha en esta pequeña ciudad sus amores de usted, gracias a mi sobrina. Como ella estuvo, dos meses ha, en Sevilla, donde usted la conoció, y usted ha venido luego aquí, y usted va a su casa de tertulia todas las noches, y habla usted mucho con ella, y no pocas veces en secreto; y como mi sobrina es joven y graciosa y linda, si el amor de tío no me engaña, todos creen que ha venido usted por ella, que usted la enamora, que usted es su novio. ¿Quién había de imaginarse que chica tan mona y en tan verdes años se limitaría a hacer el triste y poco airoso papel de confidenta? Por esto, pues, se desorientan los curiosos, y sus amores de usted siguen secretos; pero Lucía lo paga. Confiese usted que es mucha generosidad.

—Yo... señor don Fadrique...

—No se disculpe usted. No hablo de ello para que usted se disculpe, sino para narrar los sucesos como son en sí. En este lugar creen todos que usted ha venido, abandonando a sus padres, su casa y sus estudios, para pretender a Lucía; pero este engaño no puede durar. Imagine usted el alboroto, los chismes, las hablillas a que dará usted ocasión y motivo el día en que se sepa, como no podrá menos de saberse, que usted pretende a Clarita, a quien todos creen ya prometida esposa de don Casimiro Solís.

—Eso no será nunca mientras yo viva —exclamó don Carlos con grandes bríos.

—Tratemos de impedirlo —continuó con calma don Fadrique—. Yo le ayudaré a usted cuanto pueda, y repito que algo puedo; pero toda la energía de usted y toda la prudencia que yo emplee serán inútiles si desoye usted mis advertencias y consejos.

—Ya he dicho a usted que deseo seguirlos.

—Pues bien, amigo don Carlos, es menester que usted se persuada de que Clarita, de cuyo amor hacia usted estoy convencido, está criada con tan santo temor de Dios y con tan grande, y hasta si usted quiere exagerado e irracional respeto a su madre, que por obedecerla, por no darle un disgusto, por no rebelarse, será capaz de casarse con don Casimiro, aunque se muera de amor por usted al día siguiente de casada, aunque su vestido de boda sea la mortaja con que la entierren.

—Pero si Clara dice a su madre que no ama a don Casimiro...

—Clara no se atreverá a decirlo.

—Si declara a su madre que me ama...

—Antes morirá que confesar a su madre ese amor.

—Y si tanto miedo tiene a su madre, ¿no podrá huir conmigo?

No creo que dé jamás tan mal paso. De todos modos, aunque tan mal paso fuese posible, no se debía apelar a él sino apurados antes otros medios más prudentes y juiciosos. Reitero, con todo, mi afirmación. Creo capaz a Clarita de morir de dolor; pero no la creo capaz de prestarse al escándalo de un rapto.

—Entonces ¿qué quiere usted que yo haga?

—Lo primero, volver a Sevilla con sus señores padres, y dejar a doña Clara tranquila con los suyos.

—Bien se conoce que usted no ama. A su edad de usted...

—Dale... con la tontería... Caballerito poeta... yo no soy ni viejo ni rabadán... ni me parezco en nada al del idilio. Váyase usted a Sevilla hoy mismo. Salga usted de esta ciudad antes de que doña Blanca se percate de que hay moros en la costa. Yo velaré aquí por los intereses de usted. Y si peligran; si es menester apelar a medios violentos, cuente usted también conmigo... hasta para el rapto. A poco me aventuro prometiéndoselo a usted, porque doy por firme que no se dejará robar Clarita.

—¿Y por qué, para qué he de irme a Sevilla?

¿Pues no se lo he dicho a usted ya? Porque aquí no hace usted sino perjudicarse, sin gusto y sin ventaja. Estoy seguro de que no logrará usted más que ver a Clara en la iglesia, con más angustia que deleite por parte de la pobre muchacha. Y esto mientras doña Blanca no descubra nada. El día en que descubra doña Blanca su juego de usted, será para Clarita un día tremendo y usted no volverá a verla. Váyase usted, pues, a Sevilla.

¿Y qué ganaré con irme?

—Que yo trabaje con tranquilidad en favor de usted. Usted me estorba para mis planes. Si usted se queda, precipitará la boda de don Casimiro y hará que se envíe a escape por la licencia a Roma. Si usted se va, no afirmo yo que evitaré la boda de Clara con el viejo rabadán y conseguiré que sea para Mirtilo; pero, o yo he de valer poco, o he de lograr que se nos dé tiempo y... quién sabe... Nada prometo. Solo ruego a usted que se vaya. Váyase usted hoy mismo. El interés que el comendador le mostraba, su empeño de que se fuese, la decisión con que se entrometía en sus asuntos, todo chocaba a don Carlos y le tenía desconfiado y descontento.

El comendador apuró todas las razones, empleó todos los tonos, pero singularmente el de la súplica; don Carlos le contestó varias veces de mal humor, y fue menester la prudente superioridad del comendador para calmar y contener a don Carlos y evitar que llegase a ofender a quien le aconsejaba y casi le mandaba.

Por último, tanto rogó, prometió y dijo don Fadrique, que don Carlos hubo de someterse y salir aquel mismo día para Sevilla, si bien ofreciendo solo ausencia de poco más de un mes: hasta que llegasen las vacaciones de verano. En cambio, exigió y obtuvo de don Fadrique que le había de escribir dándole noticias de Clara, y avisándole del menor peligro que hubiese, para volar en seguida donde estaba ella.

Don Carlos, aunque no era tímido ni torpe, no había obtenido jamás que Clara recibiese carta suya, y menos aún que le escribiese. Pero ¿qué mucho, si ni siquiera de palabra Clara le había dado a entender que le amaba? Clara le amaba, sin embargo. Bien sabía el galán que era falso, de puro modesto, aquello de que

> ...Amistosa y compasiva,
> Quiere que el zagal viva,
> Mas amarle no quiere.

Clara le amaba, y a su despecho, contra su voluntad, había declarado su amor; pero solo con los ojos, por donde se le iba el alma en busca del bizarro y gracioso estudiante, sin que todos sus escrúpulos religiosos y filiales fuesen bastante poderosos para detenerla.

Don Fadrique pudo convencerse, en el largo coloquio que tuvo con don Carlos, de que su pasión por Clara era verdadera y profunda. Del amor de Clara por el poeta rondeño estaba más convencido aún. Con este doble convencimiento, de que se alegraba, precipitó más la partida de don Carlos, y antes de mediodía consiguió que saliese del pueblo con dirección a Sevilla.

Don Carlos salió a caballo con un su criado; y don Fadrique, a caballo también, se unió con él en el ejido, y le acompañó más de una legua, dándole esperanzas y hablándole de sus amores. Al llegar a una encrucijada, don Fadrique se despidió cariñosamente del joven, y tomó el camino de Villabermeja con el intento de conferenciar con el padre Jacinto.

La sencillez y la modestia de este santo varón no habían dejado ver a don Fadrique la inmensa importancia que durante su larga ausencia había adquirido.

Como predicador, gozaba el padre de extraordinaria nombradía por toda aquella comarca. Era igualmente celebrado por los tres estilos que tenía de predicar. En el estilo llano o de homilía encantaba a la gente rústica y ponía la religión y la moral a su alcance, amenizando tan graves lecciones con chistes y jocosidades que un severo crítico condenaría, pero que eran muy del caso para que los zafios campesinos se aficionasen a oírle y se deleitasen oyéndole. En sermones de empeño, en días de gran función, el padre Jacinto era otro hombre: echaba muchos latines, ahuecaba la voz y esmaltaba su discurso de un jardín de flores, de un verdadero matorral de adornos exuberantes, que también gustaban a los discretos y finos de aquellos lugares. Y tenía, por último, el estilo patético de la Semana de Pasión y de la Semana Santa, durante las cuales los sermones, más que hablados, eran en Villabermeja, y siguen siendo aún, cantados, sin que gusten de otra manera. Sermón de Semana Santa, sin lo que llaman allí el tonillo, no gusta a nadie ni se tiene por sermón. Cuando en el día va a Villabermeja un cura forastero, tiene que aprender el tonillo. En este tonillo fue el padre Jacinto un dechado de perfección, que nadie ha superado hasta ahora. Al oírle, aunque sea reminiscencia gentílica, dicen que se comprendía cómo Cayo Graco se hacía acompañar por un flautista cuando pronunciaba en el Foro sus más apasionadas arengas. El padre Jacinto predicaba también en el Foro, o dígase en medio de la plaza pública, durante la Semana Santa. Allí se hacían todos los pasos a lo vivo, y el padre los explicaba en el sermón conforme iban ocurriendo. Así, había sermón que duraba tres horas, y siempre sin dejar el tonillo, lo cual no obstaba para que el padre expresase los más varios afectos, como piedad, dolor y cólera. Cuando aparecía el pregonero en el balcón de las Casas Consistoriales y leía la sentencia de muerte contra Jesucristo, ha quedado en la memoria de los bermejinos el furor con que el padre se volvía contra él, gritando:

«Calla, falso, ruin, necio y miserable pregonero, y oirás la voz del Ángel que dice»:

Y entonces salía un ángel muy vistoso por otro balcón de la plaza, y cantaba el inefable misterio de la Redención, empezando:

«Esta es la sentencia que manda cumplir el Eterno Padre...» y lo demás que tantas veces hemos oído los que somos de por allí.

Pero, volviendo al padre Jacinto, diré que su mérito como predicador era quizás lo de menos. Su gran valer fue como director espiritual. Se pasaba horas y horas en el confesionario. Desde el convento bermejino tenía con frecuencia que ir al convento de la ciudad cercana, donde tenía no pocas hijas de confesión entre el señorío. Era, además, hombre de consejo y tino en los negocios mundanos, y acudían todos a consultarle cuando se hallaban en tribulación, apuro o dificultad. En suma, el padre Jacinto era un gran médico de almas, aunque duro y feroz a veces en los remedios. Gustaba de aplicarlos heroicos, como suelen hacer los demás médicos de los lugares, que tal vez recetan a un hombre el medicamento que convendría recetar a un caballo. A pesar de esto, tenía el padre tal autoridad y discreción; era tan ameno en su trato y tan resuelto valedor y defensor de las mujeres, que gozaba de inmensa popularidad entre ellas, y era fervorosamente reverenciado, así de las jornaleras humildes como de las encopetadas hidalgas.

Aunque tocaba en los setenta años, estaba firme y robusto aún, si bien había perdido ciertos ímpetus juveniles, que le habían hecho famoso, llevándole en ocasiones a imitar al Divino Redentor, más que en la mansedumbre, en aquel arranque que tuvo cuando hizo azote de unos cordeles y echó a latigazos a los mercaderes del templo. El padre Jacinto había sido un jayán y había sacudido el polvo a algunos desalmados y pecadores contumaces, sobre todo cuando eran maridos que se emborrachaban, gastaban el dinero en vino y juego daban palizas a sus mujeres.

Contra esta clase de hombres había sido duro de veras el padre Jacinto. Ya no tenía aquellos arrestos de la mocedad; pero su virtud y su fuerza moral, unida al recuerdo de la física, infundían gran respeto entre los rústicos.

Tales eran las cualidades principales y la brillante posición del antiguo maestro del comendador, con quien éste iba ahora a consultar y tratar negocios arduos, y de quien esperaba obtener poderoso auxilio.

XIII

No bien llegó el comendador a Villabermeja y dejó el caballo en su casa, se dirigió al convento, que distaba pocos pasos, y como era la hora de la siesta, halló en su celda al padre Jacinto, el cual no dormía, sino estaba leyendo, sentado a la mesa.

Mis lectores deben de formarse ya, por lo expuesto hasta aquí, cierta idea bastante aproximada de la condición del mencionado fraile. Fáltame añadir, para que sea completo el retrato, que era alto y seco; que veía y oía bien; que tuteaba a todo el género humano, y que se preciaba de no tener pelillos en la lengua, esto es, de decir cuanto se le ocurría, con una franqueza que tocaba y hasta pasaba a menudo sus límites, entrando con banderas desplegadas por la jurisdicción y término de la desvergüenza. Solo con don Fadrique se mostraba el padre respetuoso y deferente, suponiendo que él tenía, sin poderlo remediar, un afecto por su antiguo discípulo, que le hacía sobrado débil.

—Muchacho —dijo a don Fadrique, apenas le vio entrar—, ¿qué buen viento te trae por aquí de improviso?

—Maestro —contestó el comendador—, he venido expresamente para consultar a usted.

—¿Para consultarme a mí? ¿Y sobre qué? ¿Qué hay, que tú no sepas mejor que yo y mejor que nadie?

—Mi consulta es de suma importancia.

—Vamos... ¿de qué se trata?

—Se trata... se trata... nada menos que de un caso de conciencia.

Al oír caso de conciencia, el padre miró fijamente al comendador con aire de incredulidad, y de recelo, y exclamó al cabo:

—Mira, hijo mío, si es que te aburres en estos lugares y quieres chancearte y divertirte, toma una tabla y dos cuernos, y no te diviertas ni te chancees conmigo. Ya está duro el alcacer para zampoñas.

—¿Y de dónde infiere usted que me chanceo o que me burlo? Hablo con formalidad. ¿Por qué no he de exponer yo a usted formalmente un caso de conciencia?

—Porque todo hombre de cierta educación, criado en el seno de la sociedad cristiana, aunque haya perdido la fe en Nuestro Señor Jesucristo, tiene la conciencia tan clara como yo, y no hay caso que no resuelva por sí, sin necesidad de consultarme. Si tuvieses fe, podrías acudir a mí en busca de los consuelos que da la religión. No acudiendo para esto, ¿qué podré yo decirte, que ignores? La moral tuya es idéntica a la mía, aunque en sus fundamentos discrepe. Y al fin, harto lo conoces tú, no hay caso de conciencia, meramente moral, cuya solución no sea llana para todo entendimiento un poco cultivado. Sin duda que Dios, para ejercitar nuestra actividad mental y aguzar nuestro ingenio, o para dar precio a nuestra fe, ha circundado de tinieblas los grandes problemas metafísicos; los ha envuelto en misterios, impenetrables a veces; pero en lo tocante a la moral, en lo que atañe al cumplimiento de nuestros deberes no hay misterio alguno: todo está claro como el agua. El soberano Señor, en su infinita bondad y misericordia, no ha querido, a pesar de nuestras maldades, que nadie tenga que ser un Séneca para saber perfectamente cuál es su obligación, ni mucho menos que nadie tenga que ser un héroe estupendo para cumplirla. Ni para conocerla te falta entendimiento, ni para cumplir con ella debe faltarte voluntad. ¿Qué es lo que buscas, pues, en mí?

—Mucho pudiera argumentarse contra lo que usted dice; pero no quiero disputar, sino consultar. Quiero convenir en que la moral no es ninguna reconditez, y en que no es tan arduo cumplir con ella.

—Se entiende —interrumpió el padre—, para todos aquellos pueblos donde la luz del Evangelio ha penetrado. Tú imaginas que el natural discurso ha bastado a los hombres para formar la ley moral: yo creo que han necesitado de la revelación; pero tú y yo convenimos en que, una vez presentada esa ley, la razón humana la acepta como evidente. Es gran bellaquería suponer esa ley oscura y vaga, y forjarse casos terribles, conflictos espantosos entre los sentimientos naturales y el sencillo cumplimiento de un deber. Esto equivaldría a suponer la necesidad de ser un pozo de ciencia y de sentirse capaz de sobrehumanos esfuerzos para ser persona decente. Ya tú comprendes que esto sería disculpar y dar casi la razón a los tunos. Al fin y al cabo, no todos los hombres son sabios ni tienen las fibras de hierro ni el corazón de diamante. Realzar así la moral es hacerla poco menos que imposible, salvo para algunos seres privilegiados y de primera magnitud más profundos que Crisipo y más constantes que Régulo.

—Mucho tiene que ver el caso que quiero presentar con todo lo que está usted diciendo. No es curiosidad ociosa, sino interés muy respetable, el que me induce a resolver una duda.

—Imposible... tú no puedes dudar.

—Déjeme usted que acabe. Yo no dudo sobre el caso... Tengo formado mi juicio... que me parece de no menor certidumbre que este otro: dos y tres son cinco. Mi duda está en sí usted, por razones que se fundan en la inexhausta bondad divina, tiene la manga más ancha que yo, o si por razones de la ley positiva, en que cree, la tiene más estrecha. ¿Me entiende usted ahora?

—Te entiendo muy bien; y desde luego te declaro que no he de tener la manga ni más ancha ni más estrecha que tú. Lo mismo calificaremos ambos un pecado, una falta, un delito, y lo mismo marcaremos y determinaremos la obligación que de él nazca. Las razones teológicas tienen que ver con la penitencia, con la expiación, con el perdón, con la gloria o el infierno, allá en el otro mundo, y en esto para nada tienes tú que meterte ahora. Veamos, pues, ese caso, ya que quieres consultarme.

—Desde luego usted convendrá en que lo robado debe devolverse a su dueño.

—Indudable.

—Y cuando, por efecto de un engaño, algo que pertenece a uno viene a pertenecer a otro, ¿qué debemos hacer?

Debemos poner fin al engaño para que lo que posee alguien sin derecho pase a manos de su señor legítimo.

—¿Y si al poner fin al engaño resultan males evidentemente mayores?

—Aquí importa distinguir. Si tú tienes que hablar, no debes decir jamás mentira por inmensos que sean los males que de decir la verdad resulten. Condenada está la mentira oficiosa como la perniciosa. No debes mentir ni por salvar la vida del prójimo, ni por salvar la honra de nadie, ni por el bien de la religión; pero yo me atrevo a sostener que debes callar la verdad cuando nadie la inquiere de ti y cuando de decirla resultan más males que bienes. Pensar algo en contra es delirio. Lo sostengo sin vacilación. Voy a explanar mi doctrina en breves palabras. Tú cometes un pecado. Eres, por ejemplo, mentiroso. Los males que nazcan de tu pecado debes remediarlos hasta donde te sea posible y lícito, esto es, sin cometer pecado nuevo para remediar el antiguo. Dios, para hacernos patente la enormidad de nuestras culpas, consiente a veces en que nazcan de ellas males cuyos humanos remedios son peores. Tratar tú de evitarlos o de remediarlos entonces, no es humildad, sino soberbia, orgullo satánico; es luchar contra Dios; es tomar el papel de la Providencia; es dar palo de ciego; es querer enderezar el tuerto que tú mismo hiciste, torciendo y ladeando lo que está recto, y tirando a trastornar el orden natural de las cosas.

—Hablando con franqueza —dijo el comendador—, la doctrina de usted me parece muy cómoda. Veo que tiene usted la manga más ancha de lo que yo pensaba.

—Vete a paseo, comendador —repuso el padre, bastante enojado—. En ninguna ocasión pasé yo por complaciente. Me diriges la acusación más dura que a un confesor puede dirigirse. Un santo ha dicho: Non est pietas, sed impietas, tolerare peccata, y yo disto mucho de ser impío. Todo proviene, sin duda, de que tú confundes las cosas. Aquí no hablamos de penitencia, de expiación, de castigo de la culpa. Sobre este punto no tengo que decirte yo lo que exigiría de un penitente para absolverle. Aquí hablamos solo de la obligación de satisfacer el agravio que nace del pecado o del delito. Y a esto he respondido con sencillez. El pecador o delincuente debe ir hasta donde le sea posible y lícito. Si ha de cometer nuevos pecados, si ha de hacer nuevas maldades y desatinos, mejor es que lo deje y no se meta a remediar el mal que ha hecho. Pues ¡qué! ¿estaría bien, por ejemplo, que tú hirieses a uno, y luego, sin saber de cirugía, tratases de curarle y le acabases de matar? Dices tú que la tal doctrina es cómoda. ¿Dónde está la comodidad? Aunque yo te excuse de poner el remedio, no te libro de la penitencia, del remordimiento y del castigo. Antes al contrario, lo cómodo es lo otro: remediar el mal de mala manera, y creerse ya horro y darse ya por absuelto. Así un criado torpe te romperá un día el vaso más precioso de los que has traído de la China, le pegará luego chapuceramente con cola, y se quedará tan fresco como si no te hubiese causado el menor perjuicio. Lo que debe hacer el criado es andar siempre muy cuidadoso para no romper el vaso, y si le rompe, sentir mucho su falta, y ya que no puede ni componer bien el vaso ni comprarte otro nuevo e igual, sufrir con humildad la reprimenda que tú le eches.

—Me complazco en ver que estamos de acuerdo en lo general de la doctrina. En la aplicación a casos particulares es en lo que veo que cabe mucha sutileza. Contra la opinión de usted, el buen camino se presenta muy anublado y confuso. ¿Cómo determinar a veces hasta dónde es posible y lícito lo que quiero hacer para reparar el daño?

—Es muy sencillo. Si para repararle causas otro daño mayor, deja subsistir el primero, que es más pequeño; y esto aunque en el segundo daño que causes no haya pecado de tu parte. Habiendo nuevo pecado, nueva infracción de la ley moral en el remedio, aunque este segundo pecado sea menor que el primero que cometiste, no debes cometerle. Dios, si quiere, remediará el mal causado.

¿De suerte que no hay más que cruzarse de brazos; dejar rodar la bola?

—No hay más que dejarla rodar, ya que deteniéndola puedes hacer que todo ruede. Las Sagradas Letras vienen en mi apoyo con no pocos textos. David dijo: Abissus abyssum invocat; Salomón, Est processio in malis; el profeta Amós, Si erit malum quod Dominus non fecerit? con lo cual da a entender que Dios permite u ordena el mal como pena del pecado y escarmiento de las criaturas; y el mismo Salomón, antes citado, dice, de modo más explícito, que no podemos añadir ni quitar de lo que Dios hizo para ser temido: Non possumus quidquam addere nec auferre quæ fecit Deus ut timeatur.

—A pesar de los textos, a pesar de los latines me repugna esa cobarde resignación.

—¿Cómo cobarde? ¿Dónde viste tú que para con Dios haya cobardía? La resignación a su voluntad no implica, por otra parte, el que te aquietes y te llenes de contentamiento de ti propio. Sigue llorando tu culpa; desuéllate el alma con el azote de la conciencia y el cuerpo con unas disciplinas crueles; haz de tu vida en el mundo un durísimo purgatorio; pero resígnate y no trates de remediar lo que solo de Dios debe esperar remedio. Hasta el sentido común está de acuerdo en esto, miradas las acciones humanas por el lado de la utilidad y conveniencia, las cuales, bien entendidas, concuerdan con la moralidad y con la justicia. ¡Qué atinado es el refrán que reza: No siento que mi hijo pierda, sino que quiera desquitarse! Si malo es jugar, peor es aún volver a jugar; reincidir en el pecado para remediar el mal del pecado. Pero a todo esto, tú no hablas sino de generalidades, y el caso de conciencia no parece.

—Voy al caso —dijo el comendador.

—Soy todo oídos —repuso el fraile.

—¿Qué debe hacer el que no es hijo de quien pasa por su padre, según la ley, y usurpa nombre, posición y bienes que no son suyos?

—¡Hombre... tú eres famoso! ¿Después de tanto preámbulo te vienes con una preguntilla tan baladí? Prescindo ahora de la dificultad o imposibilidad en que ese hijo postizo estaría de probar el delito de su madre. Yo no sé de leyes; pero la razón natural me dicta que contra la fe de bautismo, contra la serie de actos y documentos oficiales que te han hecho pasar hasta hoy por un hijo de un determinado y conocido López de Mendoza, no pueden valer testimonios sino de un orden excepcional y casi imposible. Doy, con todo, de barato que posees tales testimonios. Creo, decido que no debes valerte de ellos. ¿Sabes los mandamientos de la ley de Dios? ¿Sabes que el orden en que están no es arbitrario? Pues bien; ¿qué dice el séptimo?

—No hurtar.

—¿Y el cuarto?

—Honrar padre y madre.

—Es, pues, evidente que para quitarte de encima el pecado contra el séptimo ibas a pecar contra el cuarto, deshonrando a tu madre y a tu padre, que padre sería siempre el que te tuvo por hijo, te crió, te alimentó y te educó, aunque no te engendrara.

Tiene usted razón, padre Jacinto. Y, sin embargo, los bienes que no son míos, ¿cómo sigo gozando de ellos?

—¿Y quién te dice que goces de ellos? Pues ¡qué! ¿están difícil dar sin expresar la causa por qué se da? Dalos, pues, a quien debes. Ya los tomarán... En el tomar no hay engaño. Y si, por extraño caso, hallares a alguien en el tomar inverosímilmente escrupuloso, ingéniate para que tome. Lejos de oponerme, pido, aplaudo la reparación, siempre que para llevarla a cabo no sea menester hacer mayor barbaridad que la que remedie.

—Está bien... pero si no es el hijo, sino la madre culpada... ¿qué debe hacer la madre culpada?

—Lo mismo que el hijo... no deshonrar públicamente a su marido... no amargarle la vida... no desengañarle con desengaño espantoso... no añadir a su pecado de fragilidad el de una desvergüenza cruel y sin entrañas.

—La madre, no obstante, no tiene medios de devolver bienes que por su culpa van a pasar o han pasado a quien no corresponden.

—Y si no los tiene, ¿qué se le ha de hacer? Ya lo he dicho. Que se resigne. Que se someta a la voluntad de Dios. Todo eso lo debió prever antes de pecar, y no pecar. Después del pecado no le incumbe el remedio si implica pecado nuevo, sino la penitencia. ¿Has expuesto ya todo el caso?

—No, padre; tiene otras complicaciones y puntos de vista.

—Dilos.

¿Qué piensa usted que debe hacer el hombre pecador, cómplice de la mujer, en aquel delito cuya consecuencia es el hurto, la usurpación de que hemos hablado?

—Lo mismo que he dicho del hijo y de la madre.

—¿Y si posee bienes para subsanar el daño causado a los herederos?

—Subsanar ese daño, pero con tal recato, discreción y sigilo, que no se sepa nada. En el libro de los Proverbios está escrito: Melius est nomen bonum quam divitiæ multæ. Así es que por cuestión de intereses no se debe perjudicar a nadie en su buen nombre.

El historiador de estos sucesos escribe para narrar, y no para probar. No decide, por lo tanto, si el padre Jacinto estaba atinado o no en lo que decía; si hablaba guiado por el sentido común o por la doctrina moral cristiana, o por ambos criterios en consonancia completa; y no se inclina tampoco a creer que dicho padre tenía una moral burda y grosera, y el atrevimiento y la confianza de un rústico ignorante. Quédese esto para que lo resuelva el discreto lector. Baste apuntar aquí que el comendador mostraba una satisfacción grandísima de ver que su maestro, como él le llamaba, pensaba exactamente lo que él quería que pensase.

El padre Jacinto, desconfiado como buen lugareño, no advertía el interés vivísimo con que su antiguo discípulo le interrogaba; y temiendo siempre una burla, una especie de examen hecho por el comendador para pasar el rato, volvió a hablar un tanto picado, diciendo:

—Me parece que estoy archi-cándido. ¿A dónde vas a parar con tanta preguntilla? ¿Quieres examinarme? ¿Piensas retirarme la licencia de confesar si no me crees bien instruido?

—Nada de eso, maestro. Yo ignoro si está usted o no de acuerdo con sus librotes de teología moral; pero está usted de acuerdo conmigo, lo cual me lisonjea, y lo está también con mis propósitos, lo cual me llena de esperanza. Yo buscaba en usted un aliado. Contaba siempre con su amistad, pero no sabía si podía contar también con su conciencia. Ahora comprendo que su conciencia no se me opone. Su amistad, por consiguiente, libre de todo obstáculo, vendrá en auxilio mío.

El padre Jacinto conoció al fin que se trataba de un caso práctico, real, y no imaginado, y se ofreció a auxiliar al comendador en todo lo que fuese justo.

Aguardando, pues, una revelación importante, quiso tomar aliento haciendo una pausa, y trató de solemnizar la revelación yendo a una alacena, que no estaba lejos, y sacando de ella una limeta de vino y dos cañas, que puso sobre la mesa, llenándolas hasta el borde.

—Este vino no tiene aguardiente, ni botica, ni composición de ninguna clase —dijo el padre al comendador—. Es puro, limpio y sin mácula. Está como Dios le ha hecho. Bebe y confórtate con él, y, cuéntame luego lo que tengas que contar.

—Bebo al buen éxito de mis planes —contestó el comendador, apurando el vino de su caña.

—Así sea, si Dios lo quiere —replicó el fraile, bebiendo también, y se dispuso a atender a don Fadrique con sus cinco sentidos.

XIV

La celda no tenía mucho que llamase la atención. Sobre la mesa o bufete, que era de nogal, había recado de escribir, el Breviario y otros libros. Dos sillones de brazos, frente el uno del otro, con la mesa de por medio, y donde se sentaban nuestros interlocutores, eran de nogal igualmente. A más de los dos sillones, había cuatro sillas arrimadas a la pared. Los asientos todos eran de enea. Un Ecce-Homo, al óleo, a quien cuadraba el refrán de a mal Cristo mucha sangre, era la única pintura que adornaba los muros de la celda. No faltaban, en cambio, otros más naturales adornos. En la ventana, tomando el Sol, se veían dos floridos rosales dentro del cuarto, cuatro macetas de brusco, y colgadas en la pared cinco jaulas, dos con perdices cantoras, y tres con colorines, excelentes reclamos. Otro bonito colorín, diestro cimbel, asido a la varilla saliente que estaba fija a una tabla de pino, volaba a cada momento hasta donde lo consentía el hilo largo que le aprisionaba, y volvía con mucho donaire a posarse en la varilla.

Los jilgueros cantaban de vez en cuando y animaban la habitación.

Arrimadas a un ángulo había dos escopetas de caza.

Y, por último, en una alcobita que apenas se descubría, por hallarse la pequeña puerta casi tapada del todo por una cortina de bayeta verde, estaba la cama del buen religioso. La alacena de donde éste sacó el vino y que era bastante capaz, servía de bodega, ropero, despensa, caja o tesoro y biblioteca a la vez.

Todo, aunque pobre, parecía muy aseado.

El padre Jacinto, con el codo sobre la mesa, la mano en la mejilla y los ojos clavados en don Fadrique, aguardaba que hablase.

Don Fadrique, en voz baja, habló de este modo:

—Aunque yo no soy un penitente que vengo a confesarme, exijo el mismo sigilo que si estuviese en el confesionario.

El padre, sin responder de palabra, hizo con la cabeza un signo de afirmación.

Entonces prosiguió don Fadrique:

—El hombre de que he hablado a usted, el pecador causa del engaño y del hurto, soy yo mismo. La ligereza de mi carácter me había hecho olvidar mi delito y no pensar en las fatales consecuencias que de él habían de dimanar.

El acaso..., ¿qué digo el acaso?... Dios providente, en quien creo, me ha vuelto a poner en presencia de mi cómplice y me ha hecho ver todos los males que por mi culpa se originaron y amenazan originarse aún. Dispuesto estoy a remediarlos y a evitarlos, de acuerdo con la doctrina de usted, hasta donde me sea posible y lícito. Es un consuelo para mí el ver que está usted en concordancia conmigo. Yo no he de buscar remedio peor que la enfermedad; pero hay una persona que le busca, y es menester oponerse a toda costa a que le halle. Sería una abominación sobre otra abominación.

—¿Y quién es esa persona? —dijo el padre.

—Mi cómplice —contestó el comendador.

—¿Y quién es tu cómplice?

Usted la conoce. Usted es su director espiritual. Usted debe tener grande influjo sobre ella. Mi cómplice es... Cuenta, maestro, que jamás he hecho a nadie esta revelación. Al menos nadie pudo jamás tildarme de escandaloso. Pocas relaciones han sido más ocultas. La buena fama de esta mujer aparece aún, después de diecisiete años, más resplandeciente que el oro.

—Acaba: ¿quién es tu cómplice? Haz cuenta que echas tu secreto en un pozo. Yo sé callar.

—Mi cómplice es doña Blanca Roldán de Solís. El padre Jacinto se llenó de asombro, abrió los ojos y la boca y se santiguó muy deprisa media docena de veces, soltando estas piadosas interjecciones:

—¡Ave María Purísima! ¡Alabado sea el Santísimo Sacramento! ¡Jesús, María y José!

—¿De qué se admira usted tan desaforadamente? —dijo el comendador, pensando que el padre extrañaba que tan virtuosa y austera matrona hubiese nunca sucumbido a una mala tentación.

—¿De qué me admiro?... Muchacho... ¿De qué me admiro?... Pues ¿te parece poco? Bien dicen... Vivir para ver... El demonio es el mismo demonio. Miren... y no lo digo por ofender a nadie... ¡miren con qué ramillete de claveles te acarició y te sedujo nuestro enemigo común!... Con un manojo de aulagas. Suave flor transplantaste al jardín de tus amores... ¡Un cardo ajonjero! Hermosa debe haber sido doña Blanca... todavía lo es; pero ¡hombre! ¡si es un erizo! Yo... perdóneme su ausencia... no la creía impecable, pero no la creía capaz de pecar por amor.

Don Fadrique respondió solo con un suspiro, con una exclamación inarticulada, que el padre creyó descifrar como si dijese que diecisiete años antes doña Blanca era muy otra, y que, además, la misma dureza de su carácter y la briosa inflexibilidad de su genio hacían más vehemente en ella toda pasión, incluso la del amor, una vez que llegaba a sentirla.

Repuesto un poco de su pasmo, dijo el padre Jacinto:

—Y dime, hijo, ¿qué trata de hacer doña Blanca para remediar el mal? ¿Qué proyectos son los suyos, que tanto te asustan?

—¿Quién sería el inmediato heredero de su marido si ella no tuviese una hija? —preguntó el comendador.

—Don Casimiro Solís —fue la respuesta.

—Pues por eso quiere casar a su hija con don Casimiro.

—¡Pecador de mí! ¡Estúpido y necio! —exclamó el padre, todo lleno de violencia y dando en la mesa unos cuantos puñetazos—. ¿Quieres creer que soy tan egoísta, que el egoísmo me había cegado? Yo no había visto en el plan de doña Blanca ninguna mala traza. Me parecía natural que casase a Clarita con su tío. Yo no miraba sino a mi pícaro interés: a que nadie se llevase a Clarita lejos de estos lugares. Es menester que lo sepas... Clarita me tiene embobado. Por ella, no más que por ella, aguanto a su madre. Lo que yo quería, como un bribón de siete suelas, es que se quedase por aquí... para ir a verla y para que ella me agasajase, como me agasaja ahora, cuando voy a casa de su madre, sirviéndome, con sus blancas y preciosas manos, jícaras de chocolate y tacillas de almíbar. Se me antojó que Clarita era una muñeca para mi diversión. Yo no caí en nada... no me hice cargo... pensé solo en que, ya casada, haría una excelente señora de su casa, y me recibiría al amor de la lumbre, y yo le llevaría flores, frutas y pajaritos de regalo. ¡Si vieses qué corza he hecho venir para ella de Sierra Morena! Es un primor. La tengo abajo en el corral... y se la iba a llevar mañana. Nada... ¿has visto qué bárbaro?... sin dar la menor importancia a lo del casamiento. Ahora lo comprendo todo. ¡Qué monstruosidad! ¡Casar aquel dije con semejante estafermo! Ya se ve... ella no lo repugna... no lo entiende... ¿quién diablo sabe?... pero yo lo entiendo... y me espeluzno... me horrorizo.

—Razón tiene usted de horrorizarse... Ella lo repugna... lo entiende... pero cree que no debe resistir a la autoridad materna.

—Eso será lo que tase un sastre. ¡Pues no faltaba más! Obedecerá a su madre; pero antes obedecerá a Dios. Diligendus est genitor, sed præponendus est Creator. Es sentencia de San Agustín.

—Además —dijo el comendador—, Clarita ama a otro hombre.

—¿Cómo es eso? ¿Qué me cuentas? ¿Qué mentira, qué enredo te han hecho creer? Si amase a un galán, Clara me lo hubiera confesado.

—Ella misma ignora casi que le ama; pero me consta que le ama.

—Vamos, sí, ya doy en ello: ciertas miradas y sonrisas con un estudiantillo... Me las ha confesado. Está arrepentida... ¡Con un estudiantillo!... ¿Pues se había de ir Clarita a correr la tuna?

—Padre Jacinto, usted chochea.

—¡Desvergonzado! ¿Cómo te atreves a decir que chocheo?

—El estudiantillo no es de esos que van con el manteo roto y con la cuchara puesta en el sombrero de tres picos, pidiendo limosna, sino que es un caballero principal, un rico mayorazgo.

—¿De veras? Ya eso es harina de otro costal. De eso no me había dicho nada aquella cordera inocente. Oye... ¿y es buen mozo?

—Como un pino de oro.

—¿Buen cristiano?

—Creo que sí.

—¿Honrado?

—A carta cabal.

—¿Y la quiere mucho?

—Con toda su alma.

—¿Y es discreto y valiente?

—Como un Gonzalo de Córdoba. Además es poeta elegantísimo, monta bien a caballo, posee otras mil habilidades, es muy leído y sabe de torear.

—Me alegro, me alegro y me realegro. Le casaremos con Clarita, aunque rabie doña Blanca.

—Sí, querido maestro, le casaremos... pero es menester que seamos muy prudentes.

—Prudentes sicut serpentes... Pierde cuidado. Harto sé yo quién es doña Blanca. Es omnímodo el imperio que ejerce sobre su hija. El respeto y el temor que le infunde exceden a todo encarecimiento. Y luego, ¡qué brío, qué voluntad la de aquella señora! A terca nadie le gana.

—No soy yo menos terco... y no consentiré que Clara sea el precio del rescate de nadie; que sobre ella, que no tiene culpa, pesen nuestras culpas; que doña Blanca la venda para conseguir su libertad. Sin embargo, importa mucho la cautela. Doña Blanca, llevada al extremo, pudiera hacer alguna locura.

Después de esta larga conversación, y perfectamente de acuerdo el comendador y el padre Jacinto, el primero se volvió a la ciudad en aquel mismo día para que su ausencia no se extrañase.

El padre Jacinto quedó en ir a la ciudad al día siguiente de mañana.

Los pormenores y trámites del plan que habían de seguir se dejaron para que sobre el terreno se decidiesen.

Solo se concertó el mayor sigilo y circunspección en todo y disimular en lo posible la íntima amistad que entre el fraile y el comendador había, a fin de no hacer sospechoso y aborrecible al fraile a los ojos de doña Blanca.

Se convino, por último, en que, a pesar de la gravedad de la situación, no era ninguna salida de tono, ni tenía una inoportunidad cómica o censurable, que el padre Jacinto llevase a Clarita la corza y se la regalara.

XV

Al volver aquella noche a la ciudad, el comendador tuvo que sufrir un interrogatorio en regla de su sobrina, que era la muchacha más curiosa y preguntona de toda la comarca. Tenía, además, un estilo de preguntar, afirmando ya lo mismo de que anhelaba cerciorarse, que hacía ineficaz la doctrina del padre Jacinto de callar la verdad sin decir la mentira. O había que mentir o había que declarar: no quedaba término medio.

—Tío —dijo Lucía apenas le vio a solas—, usted ha estado en Villabermeja.

—Sí... he estado.

—¿A qué ha ido usted por allí? ¡Si le traerán a usted entusiasmado los divinos ojos de Nicolasa!

—No conozco a esa Nicolasa.

—¿Que no la conoce usted?... ¡Bah!... ¿Quién no conoce a Nicolasa? Es un prodigio de bonita. Muchos hidalgos y ricachos la han pretendido ya.

—Pues yo no me cuento en ese número. Te repito que no la conozco.

—Calle usted, tío... ¿Cómo quiere usted hacerme creer que no conoce a la hija de su amigo el tío Gorico?

—Pues digo por tercera vez que no la conozco.

—Entonces, ¿qué hay que ver en Villabermeja? ¿Ha estado usted para visitar a la chacha Ramoncica?

El comendador tuvo que responder francamente.

—No la he visitado.

—Vamos, ya caigo. ¡Qué bueno es usted!

—¿Por qué soy bueno?... ¿Porque no he visitado a la chacha Ramoncica, que me quiere tanto?

—No, tío. Es usted bueno... En primer lugar porque no es usted malo.

—Lindo y discreto razonamiento.

—Quiero decir que es usted bueno, porque no es como otros caballeros, que por más que estén ya con un pie en el sepulcro, de lo que dista usted mucho, a Dios gracias, andan siempre galanteando y soliviantando a las hijas de los artesanos y jornaleros. Ahora no... por el noviazgo; pero antes... bien visitaba don Casimiro a Nicolasa.

—Pues yo no la he visitado.

—Pues esa es la primera razón por la que digo que es usted bueno. Nicolasa es una muchacha honrada... y no está bien que los caballeros traten de levantarla de cascos...

—Apruebo tu rigidez. Y la segunda razón por la cual soy bueno, ¿quieres decírmela?

—La segunda razón es, que no habiendo ido usted ni a ver a Nicolasa ni a ver la chacha Ramoncica, ¿a qué había usted de haber ido tan a escape como no fuese a ver al padre Jacinto y a tratar de ganarle en favor de Mirtilo y de Clori? ¿Vaya que ha ido usted a eso?

—No puedo negártelo.

—Gracias, tío. No es usted capaz de encarecer bastante lo orgullosa que estoy.

—¿Y por qué?

—Toma... porque, por muy afectuoso que sea usted con todos, al fin no se interesaría tanto por dos personas que le son casi extrañas, si no fuese por el cariño que tiene usted a su sobrinita, que desea proteger a esas dos personas.

—Así es la verdad —dijo el comendador, dejando escapar una mentira oficiosa, a pesar de la teoría del padre Jacinto.

Lucía se puso colorada de orgullo y de satisfacción, y siguió hablando:

—Apostaré a que ha ganado usted la voluntad del reverendo. ¿Está ya de nuestra parte?

—Sí, sobrina, está de nuestra parte; pero, por amor de Dios, calla, que importa el secreto. Ya que lo adivinas todo, procura ser sigilosa.

—No tendrá usted que censurarme. Seré sigilosa. Usted, en cambio, me tendrá al corriente de todo. ¿Es verdad que me lo dirá usted todo?

—Sí —dijo el comendador teniendo que mentir por segunda vez. Luego prosiguió:

—Lucía, tú has dicho una cosa que me interesa. ¿Qué clase de amoríos das a entender que hubo o hay entre don Casimiro y esa bella Nicolasa?

—Nada, tío... ¿No lo he dicho ya? Fueron antes del noviazgo con Clarita. Don Casimiro no iba con buen fin... y Nicolasa le desdeñó siempre; pero de esto informará a usted mejor que yo el padre Jacinto. Yo lo único que añadiré es que el tal don Casimiro me parece un hipocritón y un bribón redomado.

—No es malo saberlo —pensó el comendador.

—¡Ah! diga usted, tío. Ya sé que se fue a Sevilla don Carlos. Envió recado despidiéndose y excusándose de no haberlo hecho en persona por la prisa. Es evidente que usted le ha hablado al alma y le ha convencido para que se vaya, asegurándole que esto convenía al logro de nuestro propósito. ¿No es así, tío?

—Así es, sobrina —respondió el comendador—. Veo que nada se te oculta.

XVI

Cuando ocurrían los sucesos que vamos refiriendo, no había tantas carreteras como ahora. Desde Villabermeja a la ciudad puede hoy irse en coche. Entonces solo se iba a pie o a caballo. El camino no era camino, sino vereda, abierta por las pisadas de los transeúntes racionales e irracionales. Cuando había grandes lluvias, la vereda se hacía intransitable: era lo que llaman en Andalucía un camino real de perdices.

Poseía el padre Jacinto una borrica modelo por lo grande, mansa y segura. En esta borrica iba y venía siempre, como un patriarca, desde Villabermeja a la ciudad y desde la ciudad a Villabermeja. Un robusto lego le acompañaba a pie. En el viaje que hizo a la ciudad, al día siguiente de su largo coloquio con el comendador, le acompañó, a más del lego, un rústico seglar o profano, para que cuidase la corza.

Seguido, pues, de su lego, de la corza y del rústico, y caballero en su gigantesca borrica, el padre Jacinto entró sano y salvo en la ciudad a las diez de la mañana. Como el convento de Santo Domingo está casi a la entrada, no tuvo el padre que atravesar calles con aquel séquito. En el convento se apeó, y apenas se reposó un poco, se dirigió a casa de don Valentín Solís, o más bien a casa de doña Blanca. El cuitado de don Valentín se había anulado de tal suerte, que nadie en el lugar llamaba a su casa la casa de don Valentín. Sus viñas, sus olivares, sus huertas y sus cortijos eran conocidos por de doña Blanca, y no por suyos. Aquella anulación marital no había llegado, con todo, hasta el extremo de la de algunos maridos de Madrid, a quienes apenas los conoce nadie sino por sus mujeres, cuya notoriedad y cuya gloria se reflejan en ellos y los hacen conspicuos.

Pero dejemos a un lado ejemplos y comparaciones, que pueden tomar ciertos visos y vislumbres de murmuración, y sigamos al padre Jacinto, y penetremos con él en casa de doña Blanca, donde tan difícil era entrar para el vulgo de los mortales.

Merced a la autoridad del reverendo, y siguiéndole invisibles, todas las puertas se nos franquean.

Ya estamos en el salón de doña Blanca. Clara borda a su lado. Don Valentín, a respetable distancia y sentado junto a una mesa, hace paciencias con una baraja. Don Casimiro habla con la señora de la casa y con su hija.

Los lectores conocen ya a don Casimiro, como si dijéramos de fama, de nombre y hasta de apodo, pues no ignoran que para don Carlos, Lucía, Clara y el comendador, era el viejo rabadán. Veamos ahora si logramos hacer su corporal retrato.

Era alto, flaco de brazos y piernas y muy desarrollado de abdomen; de color trigueño, poca barba, que se afeitaba una vez a la semana, y los ojos verde-claros y un poquito bizcos. Tenía ya bastantes arrugas en la cara, y el

vivo carmín de sus narices no armonizaba bien con la palidez de los carri-
llos. En su propia persona se notaba poco esmero y aseo; pero en el traje
sí se descubrían el cuidado y la pulcritud que en la persona faltaban, lo cual
denotaba desde luego que don Casimiro más se cuidaba la ropa por ser
ordenado, económico y aficionado a que las prendas durasen, que por amor
a la limpieza. Iba vestido muy de hidalgo principal, si bien a la moda de hacía
quince o veinte años. Su casaca, su chupa, sus calzones y medias de seda
no tenían una mancha, y si tenían alguna rotura, ésta se hallaba diestra y
primorosamente zurcida. Gastaba peluca con polvos y coleta, y lucía muchos
dijes en las cadenas de sendos relojes que llevaba en ambos bolsillos de la
chupa. Su caja de tabaco, que él mostraba de continuo, pues no cesaba de
tomar rapé, era un primor artístico, por los esmaltes y las piedras preciosas
que le servían de adorno. Al hablar usaba don Casimiro de cierta solemnidad
y pausa muy entonada; pero su voz era ronca y desapacible, asegurándose
provenir esto en parte de que no le desagradaba el aguardiente, y más aún
de que, en su casa y despojado de las galas de novio o de pretendiente
amoroso, fumaba mucho tabaco negro.

La expresión de su semblante, sus modales y gestos no eran antipáticos:
eran insignificantes; salvo que no podía menos de reconocerse por ellos en
don Casimiro a una persona de clase, aunque criada en un lugar.

Se advertía, por último, en todo su aspecto, que don Casimiro debía de
padecer no pocos achaques. Su mala salud le hacía parecer más viejo.

Dado a conocer así somera, y no favorablemente, por desgracia, podemos
ya lisonjearnos de conocer a cuantas personas ocupaban la sala citando
entró en ella el padre Jacinto.

Doña Blanca, Clarita, don Valentín y don Casimiro se levantaron para recibirle, y todos le besaron humildemente la mano. El padre estuvo sonriente
y amabilísimo con ellos, y a Clarita le dio, como si no fuese ya una mujer,
como si fuese una niña de ocho años, y con la respetabilidad que setenta
bien cumplidos le prestaban, dos palmaditas suaves en la fresca mejilla,
diciéndole:

—¡Bendito sea Dios, muchacha, que te ha hecho tan buena y tan hermosa!

—Su merced me favorece y me honra —contestó Clarita.

Doña Blanca se lamentó del mucho tiempo que el padre había estado sin venir de Villabermeja, y todos le hicieron coro. Se trató de que el padre tomase algo hasta la hora de comer, y el padre no quiso tomar nada, salvo asiento cómodo. Desde su asiento habló de mil cosas con animada y alegre conversación, resuelto a aguardar allí a que don Casimiro se fuese y a que don Valentín y doña Clara despejasen, para hablar a solas con doña Blanca.

Doña Blanca adivinó la intención del fraile, entró en curiosidad, y pronto halló modo de despedir a don Casimiro y de echar de la sala a don Valentín y a Clarita.

Verificado ya el despejo, dijo doña Blanca:

—Supongo y espero que, después de tan larga ausencia, honrará usted nuestra mesa comiendo hoy con nosotros.

El padre Jacinto aceptó el convite, y doña Blanca prosiguió:

—He creído advertir que estaba usted impaciente por hablarme a solas. Esto ha picado mi curiosidad. Todo lo que usted me dice o puede decirme me inspira el mayor interés. Hable usted, padre.

—No eres lerda, hija mía —contestó éste—. Nada se te escapa. En efecto, deseaba hablarte a solas. Y lo deseaba tanto, que dejo para después de tu comida, que acepto gustoso, dejo para sobremesa la aparición de un objeto que traigo de presente a nuestra Clarita, y que le va a encantar. Figúrate que es una lindísima corza, tan mansa y doméstica, que come en la mano y sigue como un perro. Pero vamos al caso: vamos a lo que tengo que decirte. Por Dios, que no te incomodes. Tú tienes el genio muy vivo: eres una pólvora.

—Es verdad; yo soy muy desgraciada, y los desgraciados no es fácil que estén de buen humor. Usted, sin embargo, no tiene derecho a quejarse del mío. ¿Cuándo estuve yo, desde que nos tratamos, desabrida y áspera con usted?

—Eso es muy verdad. Convendrás, con todo, en que yo no he dado motivo. Yo no soy como otros frailes, que se meten a dar consejos que no les piden, y quieren gobernar lo temporal y lo eterno, y dirigirlo todo en cada casa donde entran. ¿No es así?

—Así es. Más bien tengo yo que lamentarme de que usted me aconseja poco.

—Pues hoy no te quejarás por ese lado. Tal vez te quejes de que te aconsejo mucho y de que me meto en camisón de once varas.

—Eso nunca.

—Allá veremos. De todos modos, tengo disculpa. Tú sabes que Clarita es mi encanto. Me tiene hecho un bobo. ¿Quién ignora mi predilección hacia las mujeres? Menester ha sido de toda mi severidad para que allá cuando mozo no me quitaran el pellejo los maldicientes. Hoy, hija mía (alguna ventaja ha de traer el ser viejo), con treinta y cinco años en cada pata, puedo, sin temor de censura, quereros a mi modo y trataros con la íntima familiaridad que me deleita. Te confieso que para querer a los hombres tengo que acordarme a menudo de que son prójimos y queremos por amor de Dios. A las mujeres, por el contrario, las quiero, no ya sin esfuerzo, sino por inclinación decidida. Sois dulces, benignas, compasivas, y muchísimo más religiosas que los hombres. Si no hubiera sido por vosotras, lo doy por cierto, hubiérase perdido hasta la huella de la primitiva cultura y revelación del Paraíso, y los hombres jamás hubieran salido del estado salvaje. Si yo fuera un sabio, había de componer un libro demostrando que todo este ser de la Europa del día, que todos estos adelantamientos sociales de que el mundo se jacta, se deben, en lo humano, principalmente a las mujeres. Calcula, pues, cuán alto y lisonjero es el concepto que tengo de vosotras. Pues bien; en los últimos años de mi vida, tu hija Clara ha venido a sublimar mucho más aún este concepto de mi mente. En mi mente tenía yo como un tipo soñado de perfección, al cual ninguna de las mujeres que he conocido se acercaba ni en diez leguas. Clarita ha ido más allá. ¡Qué inocencia la suya, tan rara por su enlace con la discreción y el despejo! ¡Qué fe religiosa tan sana y atinada! ¡Qué amor a su madre y qué sumisión a sus mandatos! Clara es una santita en este mundo, y al verla hay que alabar a Dios, que la ha criado a fin de dejarnos rastrear y columbrar por ella lo que serán en el cielo los angelitos y las bienaventuradas vírgenes.

—Mucho lisonjean mi orgullo de madre —interpuso doña Blanca—, esos encomios de Clarita que oigo en boca de usted; pero mi amor a la justicia me induce a creerlos exagerados. Yo me los explico de cierto modo, que voy a tener la sinceridad de declarar a usted. En el puro amor que en general profesa usted a las mujeres, hay algo del antiguo caballero andante, algo del hechizo que tiene para todo ser fuerte dar protección a los débiles y desvalidos. En el concepto superior a la realidad que de las mujeres usted forma, hay gran bondad e instintiva poesía. Todos estos nobles sentimientos de usted se han empleado, durante una larga y santa vida, en lugareñas, jornaleras unas, e hidalgas o ricachas otras, pero toscas las más, en comparación con Clara, criada en grandes ciudades, con otro barniz, con otra más elevada cultura, con mayor delicadeza y refinamiento. Ventajas tales, meramente exteriores y debidas a la casualidad, han sorprendido y alucinado a usted, y le han hecho pensar que lo que está en la superficie está en el fondo; que modales más distinguidos, mayor tino y mesura en el hablar, y ciertas atenciones y miramientos que nacen de más esmerada educación, y que llegan a tenerse maquinalmente, gracias a la costumbre, son virtudes y excelencias que brotan del centro mismo de un alma que se eleva sobre las otras.

—No, hija mía; nada de eso basta a explicar mi predilección por Clarita.

—¿Cómo que no basta? Sea usted franco. ¿No quiere usted y estima casi tanto a Lucía?

Las comparaciones son odiosas, y las del cariño más. Supongamos, a pesar de todo, que estimo y quiero a Lucía casi tanto. Eso probaría solo que Lucía vale casi tanto como Clara.

—Y que ambas están educadas con más esmero.

—Bueno... ¿Y qué?... Concedo que así sea. ¿Quién te ha negado el poder de la educación? Lo que niego es que la educación valga hasta ese punto sobre un espíritu estéril e ingrato; y lo que niego también es que su influjo no pase de la superficie y no penetre en el fondo, y no mejore el ser de las personas. Es, pues, evidente que Clara debe mucho a Dios, y luego a ti, que la has educado bien; pero esto que debe a ti no es superficial y externo: los modales, las palabras, las atenciones y los miramientos no son signos vanos. Cuando no hay en ellos afectación, es porque brotan del alma misma, mejor criada por Dios o por los hombres que otras almas sus hermanas. Cierto que yo no he visto ni conocido más gente en mi vida que la de esta ciudad y la de Villabermeja; pero adivino y veo claramente que ha de haber duquesas y hasta princesas cuyo barniz no me engañaría ni me alucinaría. Yo conocería al momento que era falso y, de relumbrón, y que en el fondo eran aquellas damas más vulgares que tu cocinera. Conste, por consiguiente, que no me alucino al encomiar a Clarita.

—¿Y no provendrá la alucinación —dijo doña Blanca—, de la cándida y espontánea propensión de Clarita a hacerse agradable?

—Sin duda que provendrá; pero esa misma propensión, siendo espontánea y cándida, prueba la bondad de alma de quien la tiene.

—¿Usted no sabe, padre, que eso se califica con un vocablo novísimo en castellano, y que suena mal y como censura?

—¿Qué vocablo es ese?

—Coquetería.

—Pues bien; si la coquetería es sin malicia, si el afán de agradar y el esfuerzo hecho para conseguirlo no traspasan ciertos límites, y si el fin que se propone una mujer agradando no va más allá del puro deleite de infundir cordial afecto y gratitud, digo que apruebo la coquetería.

Doña Blanca y el padre Jacinto se tenían mutuamente miedo. Ella temía la desvergüenza del fraile, y el fraile el genio violentísimo de ella. De este miedo mutuo nacía el que se tratasen por lo común con extremada finura y con el comedimiento más exquisito y circunspecto, a fin de no terminar cualquier coloquio en pelea o disputa.

Llevada de esta consideración, doña Blanca no impugnó la defensa de la coquetería; dio por satisfecha su modestia de madre, y acabó por aceptar como justos y merecidos los encomios de su hija Clara.

Luego añadió:

—En suma, mi hija es un prodigio. En las alabanzas de usted no toma parte sino la justicia. Me alegro. ¿Qué mayor contento para una madre? Imagino, con todo, que tan lisonjero panegírico bien se podía haber pronunciado en presencia de testigos. Lo que sigilosamente tenía usted que decirme no ha salido aún de sus labios.

El padre Jacinto se paró a reflexionar entonces, al verse tan directamente interrogado, y casi se arrepintió de haber venido a tratar del asunto de la boda de Clarita, dejándose llevar de un celo impaciente, sin ponerse antes de acuerdo con el comendador, según habían concertado; pero el padre Jacinto no era hombre que cejaba una vez dado el primer paso, y después de un instante de vacilación, que no dejó percibir a ojos tan linces como los de su interlocutora, dijo de esta manera:

—Allá voy, hija; ten calma que todo se andará. Mi encomio de Clarita estaba muy en su lugar, porque de Clarita voy a hablarte. Me consta, como su director espiritual que soy, que te obedecerá en todo; pero dime, ¿no consideras tú que para algunas cosas, de la mayor importancia, convendría consultar su voluntad?

—¿Y quién ha informado a usted de que yo no la consulto cuando conviene?

—¿Has preguntado, pues, a Clara si quiere casarse tan niña?

—Sí, padre, y, ha dicho que sí.

—¿Le has preguntado sí aceptará por marido a don Casimiro?

—Sí, padre, y también ha dicho que sí.

—¿Y no serán parte el temor y el respeto que inspiras a tu hija en esas respuestas?

—Creo que no merezco solo inspirar a mi hija respeto y temor, sino también cariño y confianza. Prevaliéndose, pues, mi hija del cariño y de la confianza que debo inspirarle, hubiera podido contestar que no quería casarse con don Casimiro. Nadie la ha violentado para que diga que quiere. Querrá cuando lo dice.

—Es cierto; querrá, cuando lo dice. No obstante, para que una decisión de la voluntad sea válida, importa que la voluntad esté previamente ilustrada por el entendimiento acerca de aquello sobre lo cual decide. ¿Crees tú que Clarita sabe lo que quiere y por qué lo quiere?

—Acaba usted de hacer el encomio más extremado de mi hija, y ahora me induce a pensar que la tiene por tonta, por incapaz de sacramento. ¿Cómo quiere usted que una mujer de dieciséis años ignore los deberes que el santo matrimonio trae consigo?

—No los ignora... pero no me vengas con sofismas... una niña de dieciséis años no sabe toda la trascendencia del sí que va a dar en los altares.

—Por eso tiene a su madre, para iluminarla, aconsejarla y dirigirla.

—¿Y tú la has iluminado, aconsejado y dirigido según tu conciencia?

—La menor duda sobre eso, la mera pregunta que me hace usted es una ofensa terrible y gratuita. ¿Cómo presumir, sospechar, ni por un instante, que había yo de aconsejar a mi hija en contra de lo que mi conciencia me dictase? ¿Tan mala me cree usted?

—Perdona; me expliqué con torpeza. Yo no creo, ni puedo creer que hayas aconsejado a tu hija contra tu conciencia; pero sí puedo creer que en tu entendimiento cabe error, y que, llevada tú de algún error, induces a tu hija a dar un paso deplorable.

—Extraño muchísimo los razonamientos de usted en el día de hoy. ¡Qué diferentes de lo que eran antes! ¿Qué cambio ha habido en usted? Seré yo víctima de un error, y en virtud de ese error daré malos consejos y tomaré funestas resoluciones; pero usted lo sabía tiempo ha, y nada había dicho en contra cuando no había aún compromiso alguno contraído. ¿Cómo ha venido de pronto a hacerse patente a los ojos de usted ese error, que antes no percibía? ¿Qué luz del cielo le ha ilustrado a usted el alma? ¿Qué santo o qué ángel bendito ha bajado a la tierra a descubrir a usted lo bueno y a distinguirlo de lo malo?

Doña Blanca, según se ve, iba ya perdiendo su aplomo y su dificultosa dulzura. El padre Jacinto empezaba también a amostazarse; pero hizo un esfuerzo heroico, y en vez de seguir adelante y de excitar la tempestad, procuró calmarla por cuantos medios se le ocurrieron.

—Tienes razón que te sobra —contestó con mucha humildad—. Yo debí disuadirte a tiempo de que concertaras esa boda. Del error que noto en ti, confieso que he participado. Por lo menos, ha sido en mí un descuido atroz, una ligereza imperdonable, el no hablarte antes como te estoy hablando hoy. Pero si yo erré, con reconocerlo ya y con apartarme del error, te induzco a que me imites, aunque te dé armas en contra mía. Lo que afirmas, probará mi inconsecuencia, mas no prueba nada contra mi consejo.

—¿Cómo que no prueba nada? Quita a su consejo de usted toda la autoridad que de otra suerte hubiera tenido. Consejo dado tan de repente... hasta pudiera sospecharse... que no se funda en pensamiento propio del consejero.

Doña Blanca, al pronunciar esta última frase, lanzó al padre una penetrante y escrutadora mirada. El padre, que no era tímido, se cortó un poco y bajó los ojos. Serenándose al instante, repuso:

—No se trata aquí de más autoridad que de la autoridad de la razón. Para darte el consejo, válganme la amistad y el cariño que tengo a tu persona y a los de tu familia: para que le aceptes o le deseches, no pretendo que valga sino el ingenio, que pido a Dios me conceda, para llevar el convencimiento a tu alma.

—Está bien. ¿Quiere usted decirme qué razones, hay para que Clara no se case con don Casimiro? Usted es el confesor de Clara. ¿Ama Clara a otro hombre?

—Por lo mismo que soy su confesor, si Clara amase a otro hombre y ella me lo hubiera confiado, no te lo diría sin que ella me diese su venia, que yo sabría pedir y exigir en caso necesario. Por dicha, para nada tiene que entrar aquí la cuestión de si Clara ama o no a otro hombre.

—No me venga usted con rodeos y sutilezas. Yo he educado a mi hija con tal rigidez y con tal recogimiento, que no tengo la menor duda de que no ha tenido amoríos. Clara no ha mirado jamás con malicia a hombre alguno.

—Así será. Pero ¿no podrá mirarle el día de mañana? ¿No podrá amar, si no ama aún?

—Amará a su marido. ¿Por qué no ha de amarle?

—Vamos, señora —dijo el padre Jacinto ya con la paciencia perdida—: no amará a su marido, porque su marido es feo, viejo, enfermizo y fastidioso.

—Quiero suponer —contestó doña Blanca con el reposado entono que tomaba cuando más tremenda se ponía—, quiero suponer que las caritativas calificaciones de usted cuadran perfectamente al sujeto, a la persona de mi familia, a quien usted honra con ellas. Su exquisito gusto de usted en las artes del dibujo halla feo a don Casimiro; sus conocimientos de usted en la medicina le han hecho comprender que está el pobre mal de salud, y la amenidad y discreción que en usted campean, es natural que le induzcan a fastidiarse de todo ser humano que no sea tan ameno y tan ingenioso como usted, cosa, por desgracia, rarísima; pero usted no me negará que mi hija, menos instruida en las proporciones y bellezas de la figura del hombre, puede no hallar feo a don Casimiro, como no le halla; menos docta en ciencias médicas, puede creerle más sano, y menos chistosa que usted, puede muy bien hallar en don Casimiro algún chiste y no aburrirse de su conversación. Y por otra parte, aunque mi hija viese en don Casimiro los defectos que usted señala, ¿por qué no había de amarle? Pues qué, ¿una mujer de honor, una buena cristiana, ha de amar solo la hermosura física y el desenfado en el hablar? ¿Será menester buscarle para marido, no a un caballero de su clase, honrado, temeroso de Dios, virtuoso y lleno de atenciones y buenos deseos de hacerla dichosa, sino a algún saltimbanquis robusto, a algún truhán divertido, que provoque en ella con sus chocarrerías tina risa indecorosa y un regocijo poco honesto?

—Mira, doña Blanca —dijo el fraile, que jamás abandonaba el tuteo, aunque se incomodara—, no creas que se necesite ser un Apeles o un Fidias para conocer que es feo don Casimiro. Su fealdad es tan patente y somera, que no hay, que ahondar mucho para descubrirla. Y en cuanto a su ruin salud y escasa amenidad, te aseguro lo mismo. Sin haber cursado medicina, sin ser un Hipócrates, ve cualquiera que don Casimiro está por demás estropeado. Y sin haber estudiado el Examen de ingenios, de Huarte, se descubre enseguida que el de don Casimiro es romo y huero. Yo no pretendo que busques para Clarita a Pitágoras y a Milón de Crotona en una pieza; pero ¿qué diablura te lleva a darle por marido a Tersites?

El padre Jacinto se abstenía de echar latines cuando hablaba a las mujeres; pero no podía menos de citar en romance, siempre que se dirigía a damas de distinción, hechos, personajes y sentencias de la antigüedad clásica y de las Sagradas Escrituras. Por lo demás, era tan claro el sentido de lo que decía, que doña Blanca, aunque no hubiera sabido más o menos confusamente la condición de los personajes citados, no hubiera tenido la menor duda sobre lo que el fraile quería significar. Así es que le respondió:

—Reverendo padre, esos son insultos y no consejos; pero jamás me enojaré con usted. Lo único que afirmo es que todos los defectos que pone usted a mi futuro yerno han de estar menos al descubierto de lo que usted supone ahora, cuando antes de ahora no los ha conocido usted. Y si los conocía, ¿por qué antes no me los dijo? Repito que alguien ha venido a ilustrar su claro entendimiento de usted. Alguien le induce a dar este paso. No hay que disimular. Sea usted leal y franco conmigo. Usted ha hablado con alguien acerca de la proyectada boda de Clarita. Sus consejos de usted no son consejos, sino un mensaje solapado.

El padre Jacinto era fresco de veras; pero con doña Blanca no había frescura que valiese. El pobre fraile estaba sofocado, rojo hasta las orejas. Por él hubiera podido inventarse aquella frase con que se denota que a alguien le han dado una buena descompostura: tenía encarnadas las orejas como fraile en visita.

Hasta su lengua, que por lo común estaba tan suelta, se le había trabado un poco y no atinaba a contestar.

Doña Blanca, notando aquel silencio, le excitaba a que se explicase y añadía:

—No me cabe duda. Está usted convicto y casi confeso. Usted desaprueba hoy lo que ayer aprobaba, porque un enemigo mío le ha llenado la cabeza de ideas absurdas. Atrévase usted a negar la verdad.

Interpelado, acusado con tan desmedida audacia y con tan ruda serenidad, el padre Jacinto sacó fuerzas de flaqueza; puso a un lado la causa de su inusitada timidez, que era solo el recelo de perjudicar los intereses de Clara y de su amigo y antiguo discípulo, y, ya libre de estorbos, contestó tan enérgica y sabiamente, que su contestación, la réplica a que dio lugar y todo el resto del diálogo tomaron un carácter distinto y solemne, por donde merecen capítulo aparte, el cual será de los más importantes de esta historia.

XVII

El padre Jacinto, sin alterarse, imitando el entonado reposo de su ilustre amiga, contestó lo que sigue:

—Ya he confesado con ingenuidad que debí aconsejarte antes. No lo hice, no porque aprobase tu plan, sino porque, llevado de ligereza vergonzosa y de indiferencia villana y grosera, no advertí todo el horror de la boda que tienes concertada. ¿Debo el advertirlo ahora a mi propio espíritu, o bien al de otra persona que me ha ilustrado? Punto es éste que podrá interesarte sabe Dios por qué y que podrá afectar mi reputación de hombre entendido; pero en nada altera el valor de mis consejos. No quiero ni puedo justificar mi inconsecuencia. Puedo y debo, con todo, mitigar un poco la rudeza de tu acusación, y lo haré al exponer las razones en que fundo mis consejos de ahora. Sentiré expresarme con impropiedad, aunque espero de tu buena fe que no me armes disputa sobre las palabras, si entiendes la idea y la sana intención con que la expreso. Tal vez está educada Clara con rigidez que raya en extremos peligrosos. Temiendo tú que un día pueda caer, le has exagerado los tropiezos. Temiendo tú que la nave pueda zozobrar e irse a pique, has ponderado los escollos y bajíos que hay en el mar del mundo, el ímpetu y violencia de los vientos que combaten la nave y hasta su fragilidad y desgobierno. Esto tiene también sus peligros. Esto infunde una desconfianza en las propias fuerzas que raya en cobardía. Esto nos hace formar un concepto de la vida y del mundo mucho peor de lo que debe ser. ¿Cómo ha de negar un creyente que de resultas de nuestros pecados el mundo es un valle de lágrimas; que el demonio tiende su red de continuo para perdernos; que nuestra flaca condición es propensa al mal, y que es necesario el favor del cielo para no caer en las tentaciones? Todo esto es innegable, pero conviene no exagerarlo. Una vez muy exagerado, o hay que huir al desierto y hacer la vida ascética de los ermitaños, y entonces todo va bien, porque la belleza y la bondad que no se ven en la tierra, se esperan, se presienten y casi se ven ya en el cielo, en éxtasis y arrobos, o hay que dar, faltando el amor divino, faltando la caridad fervorosa, en un desesperado desprecio de uno mismo y en tal desdén y odio a todo lo creado y a nuestros semejantes, que hacen a quien así vive odioso y enojoso a sí y a los demás seres. Hija, no sé si me explico, pero tú eres perspicaz y me irás entendiendo. Otro grave peligro nace también de tu método de educar. La conciencia se halla con él más apercibida y precavida para la lucha; pero al mancharlo todo, se mancha, al inficionarlo todo, se inficiona; al presentir en todo un delito, una impureza, provoca y hasta evoca las impurezas y los delitos. Clarita tiene un entendimiento muy sano, un natural excelente: pero, no lo dudes, a fuerza de dar tormento a su alma para que confiese faltas en que no ha incurrido, pudiera un día torcer y dislocar los más bellos sentimientos y convertirlos en sentimientos pecaminosos; pudiera concebir del escrúpulo de su conciencia, inquisidora del pecado, el pecado mismo que antes no existía. No tengo que asegurarte que yo por mil motivos no he procurado relajar la rigidez de los principios que has inculcado a Clarita, si bien mi modo de ser me lleva, por el contrario, a la indulgencia, a ver en todo el lado bueno, y a tardar muchísimo en ver el lado malo, y a no descubrirle sino después de larga meditación. Así es que al principio, contrayéndonos al asunto de la boda, no vi sino el lado bueno. Vi que don Casimiro es un caballero de tu clase, honrado, religioso, prendado de Clarita y deseando hacerla feliz. Vi que, casándose con ella, seguiría ella aquí y no se la llevarían lejos de su madre y de nosotros, que la queremos tanto. Vi que con su mucha hacienda y la de su marido haría un bien inmenso en estos lugares, empleándose en obras de caridad. Y vi en la misma austeridad con que está educada la garantía de que para Clarita no podía ser el matrimonio el medio de satisfacer y aun de santificar, merced a un lazo sagrado e indisoluble, una pasión violenta, profana y algo impía, ya que consagra al hombre cierta adoración y culto que a solo Dios se debe, y una ilusión caduca, efímera, que se disipa tanto más pronto cuanto más vivo y ardiente es el resplandor con que la fantasía la finge y colora. Todo esto vi, y por haberlo visto trato de cohonestar, ya que no disculpe, el no haberme opuesto antes a la boda. Imaginaba yo, además, que Clarita no la repugnaba. Clarita nada me ha dicho después; pero mis ojos se han abierto, y ahora comprendo que la repugna con repugnancia invencible, allá en el fondo de su alma. Ahora comprendo que Clarita no ve solo en el matrimonio un voto de devoción y sacrificio. Clarita quiere amar y que el matrimonio sancione y purifique su amor. El matrimonio, por lo tanto, no puede ser para ella el mero cumplimiento de un deber social, un acto de abnegación, un padecimiento a que hay que resignarse, una penitencia, una prueba, un castigo. El profundo respeto que te tiene, la ciega obediencia con que se somete a tu voluntad, la creencia de que casi todo es pecado, no consentirán que ella confiese nunca ni a sí misma lo que te digo; pero yo no dudo ya que lo siente. Ahora bien; ¿es merecedora Clarita de esa penitencia? ¿Es digna de ese castigo? ¿Qué derecho tienes para imponérsele? Y si es prueba, ¿quién te da permiso para poner a prueba su bondad? ¿Por qué, si lo grave y áspero de un deber, como es el del matrimonio, puede mezclarse y combinarse con lícitos contentos que aligeren la cruz y con satisfacciones y gustos que suavicen la aspereza del camino, quieres tú solo para tu hija la aspereza del camino y la pesadumbre de la cruz, y no también la permitida dulzura?

Doña Blanca escuchó impasible, y al parecer muy sosegada, todo el sermón del buen fraile. Al ver que no seguía, dijo, después de un instante de silencio:

—Aun conviniendo en que casarse con un hombre de bien, lleno de afecto y de juicio, fuese una penitencia, fuese una cruz, Clarita la debiera llevar y resignarse. La mujer no ha venido al mundo para su deleite y para satisfacción de su voluntad y de su apetito, sino para servir a Dios en esta vida temporal, a fin de gozarle en la eterna. Y usted convendrá conmigo, si en estos días no ha tratado con gentes que han perturbado su razón y le han apartado del camino recto, que el modo mejor de servir a Dios es, en una hija, el obedecer a sus padres. Usted mismo reconoce que el santo sacramento del matrimonio no fue instituido para santificar devaneos. Cierto que es mejor casarse que quemarse; pero aún es mejor casarse sin quemarse, a fin de ser la fiel compañera de un varón justo y fundar o perpetuar con él una familia cristiana, ejemplar y piadosa. Este concepto puro, cristiano y honestísimo del matrimonio no es fácil de realizar; mas para eso he educado yo tan severamente a Clarita: para que con la gracia de Dios tenga la gloria de realizarle, en vez de buscar en el casamiento un medio de hacer lícito y tolerable el logro de mal regidos deseos y de impuras pasiones. Más pudiera decir en mi abono acerca de este asunto, pero no se trata aquí de una discusión académica. Yo carezco de estudios y de facilidad de palabra para discutir con usted sobre la cuestión general de si el matrimonio ha de ser un estado tan difícil y estrecho como otro cualquiera que se toma para servir a Dios, y no un expediente mundanal para disimular liviandades. Aquí debemos concretarnos al caso singular de Clarita, y para ello vuelvo a lo dicho: necesito, exijo que sea usted leal y sincero. ¿Quién envía a usted a que me hable? ¿Quién le aconseja para que me aconseje? ¿Quién le ha abierto los ojos, que tenía usted tan cerrados, y le ha hecho ver que Clarita, si no ama, amará? Vamos, respóndame usted. ¿Por qué disimularlo o callarlo? Hay un hombre que ha hablado a usted de todo eso.

—No lo negaré, ya que te empeñas en que lo declare.

—Ese hombre es el comendador Mendoza.

—Es el comendador Mendoza —repitió el fraile.

Tal declaración, aunque harto prevista, dejó silenciosos y como en honda meditación a ambos interlocutores durante un largo minuto, que les pareció un siglo.

Doña Blanca, atinque sin precipitar sus palabras, mostrando ya, en lo trémulo de la voz y en el brillo de los ojos, viva y dolorosa emoción mal reprimida, habló luego así:

—Todo lo sabe usted y me alegro. Quizás hice mal en no decírselo yo misma la vez primera que me arrodillé ante usted en el tribunal de la penitencia. Sírvame de excusa que ya mi mayor delito había sido varias veces confesado, y la consideración de que cada vez que le confieso de nuevo hago sabedora a una persona más del deshonor de quien me ha dado su nombre. Todo lo sabe usted sin que yo se lo haya dicho. Bendito sea Dios, que me humilla como merezco, sin que yo, tan culpada, cometa la nueva culpa de infamar a mi pobre marido. Pues bien: sabiéndolo usted todo, ¿cómo se atreve a aconsejarme lo que me aconseja? ¿Cómo quiere apartarme del camino que llevo, único posible para una reparación, aunque incompleta? Si contra su parecer de usted, si contra la ley del decoro, manchásemos la conciencia de Clara, descubriéndole su origen, ¿qué piensa usted que haría ella? ¿No la despreciaría usted si no buscase la reparación? Y para ello, sin hacer pública la infamia de su madre y de aquél a quien debe venerar como a padre, ¿qué otro recurso tiene Clara sino entrar en un convento o dar la mano a don Casimiro? ¿Por qué, dirá usted, ha de pagar Clara la falta que no cometió? Harto la pago yo, padre. Los remordimientos, la vergüenza, me asesinan. Pero Clara también debe pagarla. Si esto parece a usted inicuo, vuélvase usted impío y blasfemo contra la Providencia, y no contra mí. La Providencia, en sus designios inescrutables, con ocasión de mi culpa, ha puesto a mi hija en la alternativa o de sacrificarse o de ser falsaria y poseedora indigna de riquezas que no le pertenecen.

—No he de ser yo, por cierto —interrumpió el fraile—, quien disimule o atenúe lo difícil de la situación y la verdad que hay en lo que dices. Convengo contigo. Sé la nobleza de alma de Clara. Si ella supiera quién es... pero no, mejor es que no lo sepa.

—¿Qué piensa usted que haría si lo supiese?

—Sin vacilar... Clara se retiraría a un convento. Tu plan de casarla con don Casimiro le parecería absurdo, malo, no ya siendo feo y viejo don Casimiro, sino aunque fuese precioso y estuviese ella prendada de él. Con ese casamiento ni se remedia el mal nacido del embuste o la falsía, ni se despoja tu hija de bienes que no son suyos.

—Es, sin embargo, la única reparación posible, aunque incompleta, ignorando Clara el motivo que hay para la reparación. Convengo en que entrando Clara en un claustro el mal se remediaría mejor, menos incompletamente. Pero ¿cómo la hija de un ateo ha de tener vocación para esposa de Jesucristo?

Al pronunciar estas últimas palabras, el rostro de doña Blanca tomó una expresión sublime de dolor; sus mejillas se tiñeron de carmín ominoso como el de una fiebre aguda; dos gruesas lágrimas brotaron de repente de sus ojos.

El padre Jacinto vio a doña Blanca transfigurada; reconoció en ella un corazón de mujer que antes no había sospechado siguiera bajo la aspereza de su mal genio, y le tuvo lástima y la miró con ojos compasivos. Ella prosiguió:

—He meditado en largas noches de insomnio sobre la resolución de este problema, y no veo nada mejor que el casamiento de Clara con don Casimiro. No piense usted que me falte valor para otra cosa. No me falta valor; me sobra piedad. Mil veces, ansiosa de que me matase, he estado a punto de revelar mi pecado al hombre a quien ofendí cometiéndole. Yo misma hubiera puesto gustosa el puñal en su mano; pero, le conozco, ¡infeliz! hubiera llorado como un niño; yo le hubiera muerto de pena, en vez de recibir el merecido castigo; él, con mansedumbre evangélica, me hubiera perdonado, y mi duro pecho y mi diabólico orgullo, lejos de agradecer el perdón, hubieran despreciado más aún al hombre que me le otorgaba. Manso, pacífico, benigno, Valentín hubiera apurado un cáliz de hiel y veneno al oír mi revelación; no hubiera sido mi juez inexorable, sino hubiera acabado de ser mi víctima, y yo, réproba, llena de satánica soberbia, hubiera ahogado el manantial de la compasión y de la ternura con desdén, hasta con asco, de una resignación santa, que el demonio mismo me hubiera pintado como enervada flaqueza. Mi deber era, pues, callar; hacer lo menos amarga posible la vida de este débil y dulce compañero que el cielo me ha dado, disimular, ocultar, hasta donde cabe... mi falta de amor... mi injusta, impía, irracional, involuntaria falta de estimación. Así se explican el engaño y la persistencia en el engaño; pero la vileza del hurto no cabe en mí. Mi alma no la sufre. ¿Pretende quizás ese ateo malvado que me envilezca yo con el hurto? ¿Qué razón, qué derecho, qué sentimiento paternal invoca quien tan olvidado tuvo durante años el fruto de su amor... y de la cólera divina? Usted dice bien: lo mejor sería que Clara se sepultase en un claustro, se consagrase a Dios. Yo he hecho lo posible por disgustarla del mundo pintándosele horroroso; pero en ella han podido, más que mis palabras, la confianza juvenil, el brío maldito de la sangre, el deleite y la exuberancia de la vida. ¿Qué arbitrio me queda sino casarla con don Casimiro? ¿Por qué la compadece usted? Pues qué, ¿no sale ganando? La hija del pecado no debiera tener bienes, ni honra, ni nombre siquiera, y todo esto conservará y de todo podrá gozar sin remordimientos, sin sonrojo.

En la última parte de su discurso doña Blanca estuvo hermosa, sublime como una pantera irritada y mortalmente herida. Se había puesto de pie. Al fraile se le figuraba que había crecido y que tocaba con la cabeza en el techo. Hablaba bajo, pero cada una de sus palabras tenía punta acerada como una saeta.

El padre Jacinto conoció que había confiado por demás en su serenidad y en su elocuencia. Se hizo un lío y no supo decir nada. Se encontró tan apurado, que la vuelta de Clarita al salón le quitó un peso de encima y le dio tregua para poder replicar en momentos más propicios y después de meditarlo.

Doña Blanca, no bien entró su hija, supo dominarse y recobrar su calma habitual.

Un poco más tarde vino el benigno don Valentín, y todos fueron a comer como si tal cosa.

El padre Jacinto echó la bendición al empezar la comida, y rezó al sentarse y al levantarse.

Ya de sobremesa, tuvo efecto la grata sorpresa de la corza. Clarita la halló encantadora. La corza se dejó besar por Clarita en un lucero blanco que tenía en la frente, y se comió cuatro bizcochos que ella misma le dio con su mano.

Don Valentín se maravilló, simpatizó y hasta se enterneció con la mansedumbre de aquel lindo animalejo.

Cuando, terminado todo, salió el padre Jacinto de casa de doña Blanca, se apresuró a ir a ver al comendador, quien le aguardaba impaciente, no habiéndole visto al llegar de Villabermeja, porque el fraile había adelantado más de una hora su venida a la ciudad. Excusándose de esto y de su precipitación en dar pasos sin consultar al comendador, el padre Jacinto le relató cuanto había pasado.

Don Fadrique López de Mendoza no era de los que condenan todo lo que se hace cuando no se les consulta. Halló bien lo hecho por su maestro, y lo aplaudió. Hasta la turbación y mutismo final del fraile le parecieron convenientes, porque no habían traído compromiso, porque no se había soltado prenda. Ya hemos dicho que el comendador era optimista por filosofía y alegre por naturaleza.

XVIII

Después de haberse enterado de la conversación entre el fraile y doña Blanca, el comendador se abstuvo de tomar una resolución precipitada. Se contentó con rogar a su maestro que no se volviese a Villabermeja, que siguiese frecuentando la casa de doña Blanca y que tratase de desvanecer todo recelo en dicha señora, prometiéndole no hablar con Clarita de la proyectada boda ni decirle nada en contra de los deseos de su madre.

El comendador quería meditar, y meditó largamente, sobre el asunto. Sus meditaciones (ya hemos dicho que el comendador era descreído) no podían ser muy piadosas. Era también el comendador alegre, fino y sereno, y nada podían tener de apasionadas sus meditaciones. Su espíritu analítico le presentaba, sin embargo, todas las dificultades del caso.

No cabía la menor duda. La criatura lindísima y simpática que a él debía el ser estaba condenada, o a vivir como usurpadora indigna de lo que no le pertenecía, o a casarse con don Casimiro, o a ser monja. Uno de estos tres extremos era inevitable, a no causar un escándalo espantoso o a no realizar un difícil rescate.

Doña Blanca tenía razón, salvo que para tenerla no era menester mostrarse tan hosca y tan poco amena con todo el género humano, empezando por su infeliz marido.

Para don Fadrique había un ideal económico más fundamental que el político. Este ideal era que toda riqueza, todos los bienes de fortuna llevasen a ser un día, cuando la sociedad tocase ya en la perfección deseada, signo infalible de laboriosidad, de talento y de honradez en quien los había adquirido; que el ser rico fuese como innegable título de nobleza, ganado por uno mismo o por el progenitor que le ha dejado los bienes.

Bien sabía don Fadrique que este término estaba aun remotísimo, pero sabía, además, que el mejor modo de acercarse a él era el de hacer todo negocio suponiéndole ya llegado; esto es, como si no hubiese riqueza mal adquirida en la tierra. Lo contrario sería conspirar a que prevaleciese el villano refrán de que quien roba a un ladrón tiene cien años de perdón, y contribuir a que la vida, la historia, el desenvolvimiento civilizador de la sociedad sean una trama inacabable de bellaquerías.

Fundado en estos principios, desechaba de sí don Fadrique el pensamiento de que en cada lugar del mundo habría de seguro un enjambre de madres en el caso de doña Blanca y una multitud de hijas o de hijos en el caso de Clarita, para los cuales el problema moral, de tan difícil solución, que atormentaba a doña Blanca, era como si no fuese, dejándolos disfrutar de la hacienda que la suerte y la ley les otorgaban, sin el menor escrúpulo y con la mayor frescura. Desechaba también la idea, algo cómica, pero más que posible, de que el mismo don Casimiro, por circunstancias análogas, podría tener menos derecho que Clarita a la herencia, aunque toda fuese vinculada; de que don Valentín, su padre o su abuelo, podrían también no haber tenido derecho, y de que solo Dios sabe, aunque tal vez el diablo no lo ignore, por qué arcaduces subterráneos y por qué intrincados caminos ha venido a cada cual lo que por herencia disfruta. En estos casos la fe debe salvar; pero en el caso de doña Blanca no había fe que valiese contra la evidencia que ella tenía. Cerrar los ojos, vendárselos y remedar fe era una infamia. Don Fadrique, condenando en su corazón y en su inteligencia serena los furores de doña Blanca, la aplaudía y ensalzaba de que pensase con rectitud y con nobleza. Vaya a quien vaya, merézcale o no, tenga derecho o no le tenga derecho aquel a quien un bien se destina, son cosas que importan poco ante la superior consideración de que ese bien me consta que no es mío y de que solo le gozo por engaño, por cielito y por mentira.

Como don Fadrique era persona de mucho seso y sentido común, aunque se hallaba en época de reformas, sistemas y ensueños de toda clase, no pensó en condenar la herencia. Sin el grandísimo deleite de dejar ricos a nuestros hijos, se perdería el mayor estímulo para el trabajo, para el buen orden, para la aplicación y para aguzar y ejercitar el ingenio. Don Fadrique reconocía no obstante, que si estaba lejos aún el día en que sea casi imposible adquirir mal lo que uno mismo adquiere, estaba aún mucho más lejos el día en que sea casi imposible heredar mal lo que se hereda. El modo de no empujar hacia más hondo porvenir la aurora de ese día, era dar buen ejemplo en contra. La razón de doña Blanca salía siempre triunfante de cada laberinto de reflexiones en que don Fadrique se abismaba.

Había un mal moral que pedía remedio. Hasta aquí iba don Fadrique de acuerdo con la idea de doña Blanca. ¿Era el remedio peor que el mal? El remedio era duro; pero don Fadrique comprendía que no era peor que la enfermedad, y que era menester aplicarle no habiendo otro.

El remedio podía aplicarse de dos maneras. O casando a Clarita con don Casimiro, y, esto era fácil, o haciéndola tomar el velo. Esto segundo, a pesar de lo mundano, impío y antirreligioso que era don Fadrique, le parecía mil veces mejor. Comprendía, no obstante, que para que Clarita entrase en un convento sin saber ella por qué, era necesario que alguien le infundiese la vocación. Tal trabajo no podía tomarle su madre. Solo el padre Jacinto podría persuadir a Clarita a que se retirase al claustro.

Para un hombre lleno del espíritu del siglo XVIII, alimentado con la lectura de los enciclopedistas, creyente en Dios, pero hablando siempre de la naturaleza, no hay que exponer aquí cuán horrible aparecía el sacrificio de la hermosura, de la vida, del brío juvenil, sintiendo ya sin duda fervorosamente el amor y reclamándole, en aras de un sentimiento misterioso, de un objeto, a su ver, impalpable y hasta incomprensible. Al comendador se le antojaba esto una nefanda monstruosidad; pero la prefería a ver, a imaginar a Clara entre los secos brazos de don Casimiro; y en su orgullo de hidalgo, y en su afán de no verse él mismo mentiroso y fullero, y de no pensar menos noblemente que una mujer fanática y desatinada, lo prefería todo a que Clarita se alzase en su día con los bienes de don Valentín.

El punto final de las meditaciones de don Fadrique era siempre el mismo, por cuantas sendas y rodeos tratase de llegar a él. No quería a Clara poseedora de lo que le constaba que no era suyo; no la quería mujer de don Casimiro; no la quería monja tampoco, y no quería dar escándalo ni amargar la vida de don Valentín con afrentoso desengaño. Era, pues, indispensable que él fuese el libertador, el rescatador de Clarita.

111

A pesar de tener preocupado el ánimo con estas cosas, el comendador ejercía tanto dominio sobre sí, que nada dejaba notar.

Paseaba con Lucía por las huertas o charlaba con ella y procuraba esquivar sus preguntas inquisitoriales.

Así transcurrieron ocho días. Durante ellos se informó el comendador, con el mayor secreto y diligencia, del valor exacto de todos los bienes de don Valentín. Pasaban de cuatro millones de reales.

Bastante se apesadumbró, no debemos ocultarlo, de que don Valentín hubiese llegado a ser tan rico. El comendador tenía poquísimo más capital, sumando el valor de algunas finquillas que había comprado cerca de Villabermeja, y lo que tenía en varias casas de banca en la Gran Bretaña y en Madrid. Su decisión, a pesar de la pesadumbre, fue firme, con todo.

El comendador sabía y estimaba cuánto vale el dinero. La vanidad de haberle adquirido diestra y honradamente le daba para él mayor hechizo. Pero ¿en qué mejor podía emplearse el caudal, la ganancia y el ahorro de toda una vida activa, el fruto del brío, del trabajo y del ingenio, que en salvar a un ser tan querido y que tan digno era de serlo?

Suponiéndose ya el comendador despojado de cuatro millones, se miraba reducido a la triste condición de un hidalgo labriego, que o tendría que salir otra vez a buscar fortuna, o tendría que acomodarse a vivir mal y humildemente en Villabermeja. Esto no le arredró.

Eliminadas, pues, varias soluciones, el problema quedó claro y sencillo. La única dificultad que había que vencer era la de pasar a poder de don Casimiro, de modo tan natural, que apartase toda sospecha, una suma de cuatro millones, y hacer valer y constar, como era justo, este sacrificio cerca de doña Blanca, para que la terrible señora reconociese a su hija por libre de toda obligación y por apta para recibir, en su día, los bienes todos de don Valentín, como devolución, y no como herencia.

XIX

La familia de Solís continuaba incomunicada con sus vecinos.

Solo entraban en aquella casa don Casimiro y el fraile. Éste, a pesar de sus consejos, había sabido ingeniarse, volver a la gracia y recobrar la confianza de aquella adusta señora. No es tan llano desechar a un director espiritual, a quien se tiene por santo o poco menos, aunque este director nos contraríe, y sobre todo haga cosas opuestas a nuestro modo de pensar. La mayor falta del padre Jacinto, o que apenas acertaba a explicarse doña Blanca, era que aquel virtuoso varón, aquel hijo de Santo Domingo de Guzmán, fuese tan íntimo amigo de un hombre a quien debía más bien llevar a la hoguera, si los tiempos no estuviesen tan pervertidos y la cristiandad tan relajada.

Doña Blanca no se calló sobre este punto, y varias veces manifestó al fraile su extrañeza; pero el fraile le contestaba:

—Hija mía, piensa lo que se te antoje. Yo no quiero calentarme la cabeza explicándotelo. Bástete saber que yo tengo a don Fadrique por muy amigo, aunque incrédulo, como él me tiene por muy amigo, aunque fraile. Cavilando en ello me asusto, y prefiero no cavilar. No quiero dar por seguro que haya en las almas humanas algo que, a pesar de la radical oposición de creencias, sea lazo de unión amistosa y constante y fundamento de alta estimación mutua.

—Vaya si hace usted bien en no cavilar —contestaba doña Blanca—. No cavile usted, no venga a caer en herejía al cabo de sus años, fantaseando algo más esencial, más sublime que la creencia religiosa.

—No caeré en herejía —replicaba el fraile, que ya hemos dicho que era muy desvergonzado—; no caeré en herejía cuando tú no caíste. Nunca mi amistad será más inexplicable que lo fue tu amor.

Con esto doña Blanca exhalaba un suspiro, que tenía su poco de bufido, y se amansaba y se callaba.

Por lo demás, el padre Jacinto era leal y no abusó de su derecho de hablar en secreto con Clarita para excitarla en contra de la boda con don Casimiro.

Solo una noticia se atrevió a dar a Clarita por instigación de don Fadrique: que don Carlos, amonestado por el comendador, se había vuelto a Sevilla con sus padres.

De esta suerte, Clarita hubo de tranquilizarse y no sobresaltarse de no ver a don Carlos por la mañana en la iglesia. A quien vio varias veces casi en el mismo lugar en que don Carlos se colocaba fue al comendador, cuya maldad su madre le había ponderado, y que ella se inclinaba irresistiblemente a creer bueno.

El comendador, como en desagravio de haber tenido olvidada tantos años aquella prenda de su amor, no se contentaba con disponerse a hacer por ella un gran sacrificio, sino que ansiaba verla y admirarla, aunque fuese a distancia.

Así iban lentamente los sucesos, cuando una mañana, en que doña Antonia había tenido una de sus jaquecas y no se hallaba con gana de salir, Lucía fue a paseo sola con el comendador. Ambos llegaron a la fuente o nacimiento del río que ya conocemos. Sentados a la sombra del sauce, oyendo el murmullo del agua, hablaron de las estrellas, de las flores, de mil diversas materias, hacia donde el tío procuraba llevar la atención de su sobrina para distraerla de su curiosidad sobre los asuntos de Clara.

Lucía, no llegando a distraerse lo bastante, dijo por último:

—Tío, usted va a hacer de mí una sabia. A veces me habla usted del Sol y de lo grande que es y de cómo atrae a los planetas y cometas; y a veces me describe los abismos del cielo, y me señala las más hermosas estrellas, y me declara sus nombres y la inmensa distancia a que están de nosotros, y el tiempo que tardan los rayos alados de su luz en herir nuestras pupilas. Todo esto me deleita y pasma, haciéndome concebir más adecuado concepto del infinito poder de Dios. También me ha explicado usted misterios extraños de las flores, y esto me ha interesado más, infundiéndome en el alma superior idea de la bondad y sabiduría del Altísimo. Pero desechando el disimulo, recelo que usted no me instruye tanto sino para no responder a mis preguntas sobre sus proyectos de usted acerca de Clarita. Tal sospecha, lo confieso, me quita las ganas de oír las lecciones de usted, que de otro modo me entusiasmarían; tal sospecha disminuye el valor de dichas lecciones, que se me figuran interesadas y maliciosas: más que medio de enseñarme, me parecen medio de embaucarme.

—La malicia la pones tú, sobrina —respondió el comendador—. Yo procedo con la mayor sencillez. Cuanto hay que saber de Clarita lo sabes mejor que yo. ¿Qué puedo añadir a lo que tú sabes?

—Oiga usted, tío: aunque niña, no soy tan fácil de engañar. Aquí hay varios puntos oscuros, inexplicables, y yo no sosiego hasta que todo me lo explico.

—Pues ya estás aviada, hija mía, si no te sosiegas hasta que halles la explicación de todo. Condenada estás a desasosiego perpetuo.

—No confundamos las especies. Yo me aquieto sin explicación sobre muchos puntos en que usted, por desgracia, no se aquieta. No hablo de eso. Hablo de materias más llanas y más al alcance de mi inteligencia. En éstas requiero explicación, y sin explicación no hay reposo. ¿Qué diablo de palabra enrevesada fue aquélla de que se valió usted el otro día para significar una suposición que se forja uno para explicar las cosas, y que se da por cierta, cuando las explica?

—Esa palabra es hipótesis.

—Pues bien; yo no hago más que forjar hipótesis a ver si me explico ciertas cosas. ¿Quiere usted que le exponga alguna de mis hipótesis?

—Expóngala.

El comendador respondió aparentando serena indiferencia al dar aquel permiso; pero se puso colorado, y tuvo miedo de que Lucía, por arte mágica o poco menos, hubiese adivinado el lazo que unía a Clara con él.

Lucía, prevaliéndose del permiso y animada con lo poco de turbación que en su tío advirtió, expuso así una de sus hipótesis:

—Pues, señor, yo me cegué al principio por exceso de vanidad. Pensé que el cariño de tío que usted me tiene le llevaba, para complacerme, a mirar con interés a Clori y a Mirtilo, y a procurar el buen fin de sus amores. Ya he variado de opinión. Ya la hipótesis es otra. El interés de usted es demasiado para ser de reflejo. Noto también que es muy desigual: menos que mediano por Mirtilo; inmenso por Clori. ¡Ay, tío, tío! ¿Si querrá usted jugar una mala pasada al pobre zagal? Todo se sabe. Pues qué, ¿cree usted que no ha llegado a mi noticia que se ha hecho usted devoto (¡ojalá fuese de buena ley la devoción!) y que toditas las mañanas de madrugada va usted a la iglesia Mayor a misa primera?

—Sobrina, no disparates —interrumpió el comendador.

—Yo no disparato. Hallo extraña, para explicada solo por una simpatía cualquiera, esa devoción de usted, y recelo que la santita que se la infunde ha cautivado a usted con más dulces cadenas que las de la piedad.

—Te repito que no disparates —volvió a decir el comendador poniéndose muy serio—. Confieso que es difícil de explicar el extraordinario cariño que Clarita me infunde. Aseguro, no obstante, por mi honor, que nada tiene de lo que tú imaginas. Si me quieres tú un poco, y si me respetas, te suplico, y si crees que puedo mandarte, te mando que apartes de ti ese pensamiento. Yo quiero a Clarita, aunque entre ella y yo no median los vínculos de la sangre, del mismo modo que te quiero a ti, que eres mi sobrina: con amor casi paternal, con el amor que es propio de los viejos.

—¡Pero si usted no es viejo, tío!

—Pues aunque no lo sea. No amo a Clarita de otro modo. Y si esto sigue pareciéndote raro, no caviles ni busques más hipótesis para explicártelo satisfactoriamente.

—Está bien, tío. Suspenderé mis tareas de forjar hipótesis.

—Eso es lo más prudente.

—Ya que no valen las hipótesis, ¿vale hacer preguntas?

—Hazlas.

—¿Persiste usted en favorecer los amores de Mirtilo?

—Persisto y persistiré mientras Clara crea yo que le ama.

—¿Espera usted triunfar de la tenacidad de doña Blanca e impedir la boda con don Casimiro?

—Lo espero, aunque es difícil.

—¿Me atreveré a preguntar de qué medios va usted a valerse para vencer esa dificultad?

—Atrévete; pero yo me atreveré también a decirte que esos medios no tienes tú para qué saberlos. Confía en mí.

—Aunque usted, tío, está tan misterioso conmigo, que todo se lo calla, voy a portarme con generosidad: voy a revelar a usted mis secretos. Sé que don Carlos de Atienza le escribe a usted. También a mí me ha escrito. Pero usted no ha hecho lo que yo. Usted no ha puesto al pobre desterrado en comunicación con Clara: yo sí. Yo he escrito a Clara tres cartas nada menos, y a fuerzas de súplicas he logrado que el padre Jacinto se las entregue. En mis cartas copio a Clara algunos párrafos de los que me ha escrito don Carlos.

—Ese secreto le sabía en parte. El padre Jacinto me había dicho que había entregado tus cartas.

—Pues, ¿vaya que no sabe usted otra cosa?

—¿Qué?

—Que Clara me ha contestado. La contestación vino ayer por el aire, como la carta primera que juntos leímos.

—¿Tienes ahí la nueva carta?

—Sí, tío.

—¿Quieres leerla?

—No lo merece usted; pero yo soy tan buena, que la leeré.

Lucía sacó un papel de su seno.

Antes de leer, dijo:

—En verdad, tío, esto me pone muy cuidadosa y sobresaltada. Clara, en los días que lleva de soledad, ha cambiado mucho. ¡Hay en su carta tan singular exaltación, tan profunda tristeza, tan amargos pensamientos!...

—Lee, lee —dijo el comendador con viva emoción. Lucía leyó como sigue:

«Amada Lucía: Mil gracias por todo cuanto estás haciendo por mí. Sería yo desleal si te ocultase nada de lo que siento. Ni al padre Jacinto me he confiado hasta ahora; pero a ti todo te lo confío. En mi ser pasa algo de extraño, que no acierto a entender. Quiero aún a don Carlos. Y, no obstante, conozco que no debo darle esperanzas; que no debo casarme con él nunca; que me toca obedecer a mi madre, la cual anhela mi boda con don Casimiro. Pero lo singular es que ha entrado en mi alma, en estos días, un sentimiento tan hondo de humildad, que hasta de don Casimiro me hallo indigna. A solas conmigo he penetrado en el fondo de mi conciencia y me he perdido allí en abismos tenebrosos. Cuando mi madre, que es buena y me ama, encuentra en mí no sé qué levadura, no sé qué germen de perversión, no sé qué mancha más negra del pecado original que en las demás criaturas, razón tendrá mi madre. Sí, Lucía: quizás en este pecho mío, en apariencia tranquilo; bajo la inocencia y superficial sencillez de mis pocos años, van adquiriendo ya ser y vida vehementes y malas pasiones, como nido de víboras bajo apiñadas rosas. Lo conozco: mi madre tiembla por mí; recela de mi porvenir, y tiene razón. Yo me examino, me estudio y me asusto. Descubro en mí la propensión, difícil de resistir, a todo lo malo. Veo mi maldad nativa y mi inclinación al pecado por instinto. ¿Cómo comprender de otra suerte que yo, educada con tanto recogimiento y en tan santa ignorancia de las cosas del mundo, haya tenido la diabólica malicia de ponerme en relaciones con don Carlos, de hacerle creer que le amaba, mirándole solo (figúrate con qué perversidad le miraría), y de atraerle hasta aquí, obligándole a que me siguiera, y todo con tan infernal disimulo, que mi madre nada sabe? Todavía, si es posible, hay en mí algo peor. Lo noto, lo percibo y no sé, ni quiero, ni me atrevo a examinarlo. Lo que sí te declararé es que para mí el mundo ha de ser más peligroso que para otras mujeres, por naturaleza mejores. Lo que no hay, en mí por naturaleza debo pedirlo por gracia al cielo. En él cifro mi esperanza. Procede, pues, que yo me aparte del mundo y busque el favor del cielo. Ya sabes tú cuánto he repugnado hasta aquí entrar en religión. No me juzgaba merecedora de ser esposa de Cristo. En esto no he variado, sino para juzgarme aún menos merecedora. En lo que sí he variado es en reconocer que, por mala que sea una persona, jamás debe desesperar de la bondad de Dios. Su Divina Majestad, si hago una vida santa, si me arrepiento, si me mortifico durante el noviciado, me dará fuerzas y, merecimientos después para tomar el velo, sin que sea insolente audacia tomarle. Nada he dicho aún a nadie de esta reciente resolución, pero estoy decidida. Hablaré de esto al padre Jacinto para que él hable a mi madre, la convenza de que me conviene y quiero ser monja, y en vista de mi resolución desengañe a don Casimiro. Desengaña tú, desde luego, al infeliz don Carlos. No te niego que le he querido, que le quiero aún; pero no se lo digas. Dile que quiero a otro; que en mi corazón hay un inmenso vacío, donde reinan pavorosas tinieblas. No basta don Carlos a llenar ni a iluminar este vacío, y si Dios no le llena y le ilumina, me moriré de miedo, y lo menos doloroso que ocurrirá será que le llene mi perturbada imaginación con espectros horribles que surgen de mi atribulada conciencia. Adiós.»

XX

La lectura de escrito tan melancólico aguó el contento del paseo del comendador y de su sobrina. Apenas se hablaron ya hasta volver a casa.

Aquella crisis repentina del alma de Clara puso a don Fadrique taciturno.

Las ideas que acudían a su mente no eran para reveladas a su sobrina.

Pensaba el comendador que el perpetuo roce del espíritu de doña Blanca con el de su hija; que la presión que ejercía en aquella joven de dieciséis años el severo y atrabiliario carácter de su madre, y que los terrores de que había cargado su conciencia, tenían a la pobre Clara en un estado de ánimo no muy distante del delirio. La carta a Lucía era la señal alarmante que Clara daba de aquel estado.

El comendador, empero, aunque lleno de zozobra, decidió no intervenir aún en nada. La resolución de la crisis podía ser favorable si él no intervenía. Su intervención podía hacerla más peligrosa.

La sinceridad de Clara era evidente. De súbito, sin que el padre Jacinto, ni nadie, se lo inspirase, había cambiado de propósito y se hallaba resuelta a ser monja. Harto se comprende que para las creencias del comendador esta resolución era funesta; pero en virtud de esta resolución era casi seguro que don Casimiro sería despedido. Iba a eliminarse un obstáculo; iba a descartarse mi adversario.

Don Fadrique determinó, pues, a guardar con calma, sin dejar de estar a la mira.

Al mismo padre Jacinto no le insinuó ningún aviso que pudiera servirle de regla de conducta. Se fió, por completo, de su buen natural, y le dejó seguir libremente sus propias inspiraciones.

La prudencia del comendador se vio coronada del éxito al cabo de pocos días.

Doña Blanca, persuadida de que la súbita vocación de su hija era sincera y profunda, tuvo con don Casimiro una conversación muy afectuosa y, grave, y le dio sus pasaportes.

El padre Jacinto ponderó el fervor de Clara y animó a doña Blanca para que a la mayor brevedad la dejase entrar de novicia en un convento de carmelitas descalzas que en la ciudad había.

Don Valentín se avino a todo sin chistar.

Clarita hubiera, pues, entrado en seguida en el convento, como lo deseaba y lo pedía; pero la crisis de su alma había influido poderosamente sobre su hermoso cuerpo. Sus ojeras eran más oscuras y extensas que de ordinario; había adelgazado mucho; la palidez de su rostro hubiera inspirado miedo, si su rostro no hubiera sido tan hermoso; su distracción y su embebecimiento parecían a veces más propios de un ser del otro mundo que de una criatura de éste, y en su andar vacilante y, en el brillo momentáneo de sus ojos, seguido siempre del prolongado adormecimiento de tan divinas luces, había como un mal agüero, como un anuncio fatídico, que no pudo menos de perturbar la férrea conciencia de doña Blanca, de doblegar bastante su inflexibilidad, y de aterrarla por último.

Las causas del cambio de Clara eran vagas y confusas; pero doña Blanca reconocía que de su modo de educar a Clara, de su involuntario tenaz prurito de mortificarla y asustarla con los peligros del mundo y con su propia condición de pecadora, y de aquel duro yugo que desde la infancia había hecho pesar sobre la conciencia de su infeliz hija, provenía en gran parte la situación en que se hallaba. El motivo, o mejor dicho, la ocasión de exacerbarse el mal y de aparecer de repente con tan medrosos síntomas, era para todos un misterio. Esto no obstaba para que doña Blanca empezase a temer que pudiera caer sobre ella el crimen de infanticidio por esquivar el delito de hurto.

Doña Blanca procedió, pues, con inusitada blandura y exquisita prudencia; pero sin desmentir su carácter y sin faltar a su más importante propósito.

No contenta con estar persuadida de la firme resolución que tenía Clara de tomar el velo, hízola prometer que profesaría. Y esto de suerte que la promesa no pareció arrancada por instigación de doña Blanca, sino a su despecho. Así se aseguraba doña Blanca de que su hija, renunciando al mundo, renunciaría a los bienes de don Valentín y no podría transmitirlos a nadie.

Pero doña Blanca no quería matar a su hija. Atormentábase previamente con el remordimiento de que fuera al claustro desesperada y herida de muerte. Deseaba verla profesar, pero alegre, lozana, llena de vida; no apareciendo como una víctima, sino con el deleite, el gozo y la satisfacción de una esposa que vuela a los brazos de su gallardo y feliz prometido.

A fin de lograr que las cosas fueran así, doña Blanca puso a un lado su constante severidad; empezó a tratar a Clara hasta con mimo, y anhelante de que recobrase la alegría y la salud, rompió el entredicho; abrió las puertas de su casa para Lucía, y consintió en que Clara volviese a salir con ella de paseo, aun a pesar del comendador.

Doña Blanca, no obstante, antes de dar este permiso, preparó a su hija contra don Fadrique, pintándosele como un monstruo de impiedad y de infamia, y recomendándole mucho que hablase con él lo menos posible.

Doña Blanca, entre tanto, se propuso seguir encastillada en su caserón, sin ver a nadie más que al padre Jacinto, y a Lucía, si acaso.

XXI

El destino de don Casimiro es el más extraño caprichoso entre los de cuantos personajes figuran en esta historia. En el tejido de su vida había puesto él un orden envidiable y gastado poquísimo. Así es que, por más que don Casimiro distase mucho de ser un águila en nada, había atinado a darse tan buena traza con economía y juicio, que era un señor acaudalado para lo que entonces se usaba en Villabermeja. Esto se lo debía a sí mismo, y, de ello podía estar con razón y estaba orgulloso. Lo que debió a la casualidad, a un conjunto de hechos para él inexplicables, fue el momentáneo encumbramiento a novio de su linda y rica sobrina la señorita doña Clara.

Con cincuenta y seis años de edad, no pocos padecimientos y la facha que ya hemos descrito, don Casimiro mismo, a pesar de su amor propio, que no era flojo, había hallado, allá en el centro de su conciencia, un si es no es inverosímil que le quisiesen casar con aquel pimpollo. El amor propio, no obstante, es ingeniosísimo, estando casi siempre su ingenio en razón inversa del ingenio de las personas; por donde don Casimiro imaginó pronto que en su alma había de haber tan escondidos tesoros de bondad y de belleza, y que en sus modales y porte habían de trascender tal distinción hidalga y tal elegancia ingénita, que, descubierto todo por los ojos zahoríes de doña Blanca, bastó y sobró para que ella ansiase tener a don Casimiro, por yerno. Don Casimiro, pues, desde que empezó a ser novio de Clara, se puso más orondo y satisfecho que antes.

Terrible fue el desengaño cuando doña Blanca le despidió. El enojo interior de don Casimiro no fue menos terrible; pero él era encogido y muy torpe para expresarse; doña Blanca hablaba bien y, con autoridad e imperio, y el señor don Casimiro se tragó su enojo, y recibió los pasaportes, hecho manso cordero.

Como sucede a todas las personas débiles y soberbias a la par, la ira de don Casimiro se fue aglomerando después y poco a poco en el corazón, cuando se detuvo a considerar el chasco que se le daba y el desaire grandísimo que se le hacía.

Cierto que el rival por quien Clara le dejaba era Dios mismo; pero don Casimiro no se aplacaba con esto.

—¿Si querrá ser monja —decía—, para no casarse conmigo? Valiera más haberlo pensado con tiempo y no ponerme en ridículo ahora. Sin duda que para mí es menos cruel que me deje por tan santo motivo que no que me deje para casarse con otro mortal. Yo no hubiera consentido esto último. Nos hubieran oído los sordos. Yo hubiera tenido un lance con mi rival. Pero ¿contra Dios qué he de hacer?

Don Casimiro se consolaba algo con la imposibilidad de tener un lance con Dios, y hasta con la obligación piadosa en que se veía de resignarse.

Su encono contra doña Blanca y contra Clarita no se mitigaba, a pesar de todo. No había quedado perro ni gato, en diez leguas a la redonda, a quien don Casimiro no hubiera dado parte de su ventura. Ahora, su caída y su desventura debían de ser e iban siendo no menos sonadas, y, por desgracia, harto más aplaudidas.

La vanidad del hidalgo bermejino recibía desaforados golpes. Pero ¿cómo vengarse?

—La venganza es el placer de los dioses —exclamaba a sus solas el dichoso hidalgo—; pero decididamente yo no soy un dios. ¿Qué me conviene hacer? Es refrán frailuno, y muy discreto, que la injuria que no ha de ser bien vengada ha de ser bien disimulada. Disimulemos, pues. También hay otro refrán que reza: Cachaza y mala intención. Sigamos lo que prescriben dichos refranes. Lo primero que me importa es dejar ver que no me afligen los desdenes de Clarita. Si ella no me quiere, otra que vale tanto como ella, más que ella, estoy seguro de que me querrá. Voy a volver a pretender a Nicolasa. No es rica, pero es mejor moza que Clarita.

Sin desistir, por consiguiente, de vengarse si se presentaba ocasión cómoda para ello, don Casimiro resolvió enamorar estrepitosamente a Nicolasa, esperando que así daría picón a la futura carmelita, o probaría al menos que tenía por amiga una mujer de mucho mérito.

Nicolasa, en efecto, lo era. Hija del tío Gorico de su primera mujer, alcanzaba fama en casi toda la provincia por su singular hermosura, discreción y rumbo. Caballeros, ricos hacendados y hasta usías o señores de título, menos comunes entonces que ahora, habían suspirado en balde por Nicolasa, la cual, con modesta dignidad, había respondido siempre en prosa aquello que dice en verso cierta dama de una antigua comedia nada menos que al rey:

Para vuestra dama, mucho;
Para vuestra esposa, poco.

Nicolasa excitaba y provocaba con sus risas, con sus ojeadas lánguidas y, con su libertad y desenvoltura. Los hombres se prendaban de ella, la perseguían y se llenaban de esperanzas; pero, no bien querían propasarse para que se lograsen, Nicolasa se revestía de gravedad y entono, propios de la mejor heroína de Calderón, hablaba de la inestimable joya de su castidad y limpísima honra, y ponía a raya todo atrevimiento, todo desmán y todo propósito amoroso algo positivo que no llevasen por delante al padre cura.

Nicolasa había heredado de su madre ciertas prendas que valen más que los bienes de fortuna, porque los conservan, si los hay, y suelen proporcionarlos, si no los hay. Tenía don de mando y don de gentes, extraordinaria energía de voluntad y perseverancia en sus planes. Se había propuesto o ser una señorona principal o quedarse para vestir imágenes y, sirviéndole esto de pauta, ajustaba a ella todos los actos de su vida.

Aunque el tío Gorico había contraído segundas nupcias, y Nicolasa tuvo madrastra en vez de madre casi desde la infancia, lejos de contribuir esto a que se criase con menos mimo, había ocasionado lo contrario. La madre de Nicolasa había sido tremenda, dominante, feroz: una doña Blanca a lo rústico; mientras que Juana, la segunda mujer del tío Gorico, era la propia dulzura, sometida siempre a su marido, quien a su vez no hacía más que lo que a Nicolasa se le ocurría. Nicolasa lo podía y mandaba todo en casa de su padre, menos impedir que el tío Gorico dejase de beber bebida blanca.

Los preliminares amorosos de Nicolasa, que estaba entre los veinte y los treinta años de su edad, habían sido ya innumerables. Todos sus amores habían muerto al nacer. A los pretendientes encopetados los había Nicolasa despedido, apelando al cura. A los pretendientes de su clase los había desdeñado cuando ya llegaban a lo serio y hablaban del cura ellos mismos.

Nicolasa, no obstante, como todas las mujeres frías, pensadoras y traviesas, había sabido retener en sus redes, en este crepúsculo de amor, que califican de platónico, a varios suspiradores perpetuos, de los que llaman en Italia patitos. Uno, sobre todo, pudiera servir de ejemplo portentoso por su pertinacia, resignación y fervor en las incesantes adoraciones. Tal era el hijo del maestro herrador, Tomasuelo.

Desde los diecisiete hasta los veinticinco años que ya tenía, estaba como en cautiverio agridulce. Jamás Nicolasa le dijo que le amaba de amor, y jamás le quitó la esperanza de que tal vez un día podría amarle. En cambio, le declaraba de continuo que le amaba más de amistad que a ningún otro ser humano; y cuando le declaraba esto, se le veía al chico hasta la última muela, sentía una beatitud soberana, y, daba por bien empleados sus, para otras cosas, inútiles y perennes suspiros.

Y no se crea que Tomasuelo era canijo, ruin y tonto. Tomasuelo era listo, despejado y fuerte: el mozo más guapo del lugar; pero Nicolasa le había hechizado. Con un rayo de luz de sus ojos podía darle una dosis de aparente bienaventuranza que le durase una semana. Con una palabra sola podía hacerle llorar como si fuese un niño de cuatro años.

Las cadenas en que Tomasuelo gemía y gozaba a la vez de verse cautivo, estaban suavizadas para el mozo, y en cierto modo justificadas para el público, con notable habilidad y profundo instinto. Tomasuelo podía entrar cuando se le antojase en casa del tío Gorico, ver a Nicolasa, requebrarla, mirarla con amor, acompañarla cuando salía; en suma, servirla y cuidarla, sin que nadie fuese osado a censurar lo más mínimo. Aunque entre Nicolasa y el hijo del herrador no había el más remoto grado de parentesco, Nicolasa había preconizado a Tomasuelo por su hermano. Dios naturalmente no le había dado objeto en quien poner amor fraternal; pero ella, que sentía con viveza y hondura este amor, se proporcionó a Tomasuelo para consagrárselo. Con frases sencillas con ánimo imperturbable, Nicolasa explicaba de esta manera sus extrañas relaciones con Tomasuelo; y como Tomasuelo hacía gala de su adoración espiritual y se lamentaba resignado de no ser querido de otra suerte, todos en el lugar, lejos de censurar, se maravillaban de aquel purísimo y angélico lazo que estrechaba así dos almas.

Cuanto pretendiente se acercaba a Nicolasa era respetado por Tomasuelo, quien no le ponía el menor estorbo, durante los preliminares y coqueteos; pero si más tarde se extralimitaba y dejaba ver que venía con mal fin, ya podía temer el enojo y las pesadas manos de aquel hermano adoptivo, celoso de la honra de su familia. Asimismo Tomasuelo se ponía zahareño y poco agradable en su trato con todo aquel rival que por cualquier causa era despedido definitivamente y seguía importunando.

Don Casimiro había estado, antes del noviazgo con Clara, en un largo período de coqueteo con Nicolasa, la cual, con exquisita circunspección, había sabido ir templando y moderando la máquina de los efectos, a fin de no precipitar al hidalgo en declaraciones y demostraciones tales, que no tuviesen ya más salida que la de ponerle en la disyuntiva de prometer boda o de abandonar la empresa. Gracias a esta conducta, que pasa de hábil y raya en primorosa, don Casimiro no había sido despedido; sus amores con Nicolasa habían sido como aurora, como amanecer poético de un día, que no llegó por haberse interpuesto el compromiso con Clarita. Roto ya este compromiso, don Casimiro pudo volver, previo el perdón de su inconsecuencia, pedido con humildad y concedido magnánimamente, al mismo punto en que lo había dejado: al amanecer, a la aurora.

Las cosas estaban dispuestas con tal arte, que en lugar de escamarse un pretendiente con Tomasuelo, lo primero que tenía que hacer era como impetrar el beneplácito de aquel espiritual hermano, tan celoso, vigilante e interesado en el bien de su hermanita. Don Casimiro obtuvo la confianza y venia de Tomasuelo, y lo consideró buena señal.

Abandonada la ciudad, y vuelto don Casimiro a sus reales de Villabermeja, se puso a galantear a Nicolasa con la imprudencia y el ímpetu del despechado. Ella era harto discreta para no conocer que entonces o nunca: que la fortuna le presentaba el copete y que importaba asirle. Don Casimiro buscaba en Nicolasa refugio y compensación contra el desdén de Clarita. Don Casimiro estaba en su poder.

Nicolasa provocó la declaración seria y definitiva. Hecha ésta, planteó los dos términos del fatal dilema: o promesa formal de casamiento, o despedida y nuevas calabazas ruidosas. Don Casimiro no pudo resistir y prometió casarse.

Espantoso día de prueba fue aquel en que supo este triunfo el platónico Tomasuelo. Hasta entonces no había tenido rival que fuese más dichoso que él. Ya le tenía. La amargura de los celos le acibaró el corazón; las lágrimas brotaron en abundancia de sus ojos.

Cuando vio a solas a Nicolasa, con los ojos encarnados de llorar y con voz trémula le dijo:

—¿Conque cedes al amor de don Casimiro? ¿Conque vas a casarte? ¿Conque me matas?

—Calla, tontito mío —contestó ella—. ¿A qué vienen esas quejas? ¿Te he engañado yo jamás?

—No; no me has engañado.

—¿Querías que dejase pasar tan buena proporción de ser señora principal y millonaria? ¿Tan mal me quieres, egoísta?

—No porque te quiero mal, sino porque te quiero a manta, lo siento y lo lloro.

Y Tomasuelo lloraba en efecto.

—Anda, no llores, majadero. ¡Si vieses qué feo te pones! ¿Quién ha visto llorar a un hombrón como un castillo?

—Pero ¡si no puedo remediarlo!

—Sí puedes; haz un esfuerzo, ten valor y, sosiégate. Ten en cuenta que, de aquí adelante, no solo hallarás en mí a una hermana, sino a una madrina y a una protectora muy pudiente.

—¿Y a mí qué se me da todo eso? Nada. Lo que yo codiciaba era tu cariño.

—¿Y no lo tienes como antes, ingrato? Pues qué, ¿los buenos hermanitos dejan de amarse aunque se case uno de ellos?

—No seas tramoyona, no me aturrulles. Ya sabes tú que la ley que yo te tengo no puede sufrir...

—Vamos, vamos; déjate de niñerías. ¿Quién crees tú que ocupa y llena el lugar más bonito, principal y escondido de mi corazón? Tú. Mi alma es tuya. Te la di toda con el amor que en ella se cría; con afecto de hermana. ¿Qué sombra puede hacerte que sea yo la mujer legítima de don Casimiro? ¿Por eso hemos de dejar de querernos como hasta aquí, más que hasta aquí? Nos querremos cuanto tú quieras y cuanto sea posible quererse, sin ofender a Dios. ¿Supongo que tú no querrás ofender a Dios? Contesta.

—No, mujer; ¿cómo he de querer yo ofender a Dios? Pues qué, ¿no soy buen cristiano?

—Lo eres. Es una de las partes que más aprecio en ti. Por eso confío en que pienses que voy a ser esposa de otro y no desees nada. Solo el deseo es ya pecado. Acuérdate de los mandamientos.

—Oye, ¿y está en mi poder no desear?

—Sí. Cállate; no digas nada a nadie, ni a ti mismo, cuando desees, y el silencio matará el deseo.

—Me matará a mí antes.

Tomasuelo lloró más fuerte que nunca. Las lágrimas caían a modo de lluvia, acompañadas por tempestad de sollozos.

—¡Por vida de los hombres endebles! —exclamó Nicolasa—. ¿Qué locura es ésta? Cálmate, por Dios y ten pecho ancho.

Nicolasa, con suma blandura, enjugó las lágrimas del mozo con el propio pañuelo de ella; luego le dio tres o cuatro palmaditas en el grueso y robusto cogote; luego le hizo unas cuantas muecas como remedando la desconsolada cara que ponía, y, por último, le pegó un afectuoso y archi-familiar tirón de las narices.

Tomasuelo no supo resistir a tanto favor y regalo. Como rayos de Sol entre nubes, la alegría y la satisfacción aparecieron en sus ojos a través de las lágrimas. La boca de Tomasuelo se abrió, enseñando la blanca, completa y sana dentadura. No pudo sonreír, porque se quedó boquiabierto y como transpuesto.

Nicolasa entonces repitió los cogotazos; añadió al tirón de las narices unos cuantos tirones de las orejas, y Tomasuelo pensó que se le llevaban al paraíso y que era el más feliz de los mortales.

En esta situación de ánimo convino en que Nicolasa debía casarse con don Casimiro; en que él debía seguir siendo su hermano, sin pensar, o sin decir al menos que pensaba en otra cosa; y concibió con claridad, más que por el discurso y las razones, por los blandos cogotazos y por los tirones de orejas, toda la suavidad, hechizo, consistencia y deleite del amor espiritual que a Nicolasa le ligaba.

Así venció Nicolasa los obstáculos todos y aseguró su proyectada boda con don Casimiro.

La fama difundió al punto la noticia por toda Villabermeja; salvó luego su término y la llevó a la ciudad, y a los oídos del comendador, de su familia y de los señores de Solís.

El comendador había sido visitado por don Casimiro y le había pagado la visita. No se habían hallado en casa y no se habían visto. La frialdad de sus relaciones no hacía necesario más frecuente trato.

No bien supo el comendador el resuelto proyecto de boda entre don Casimiro y Nicolasa, fue a Villabermeja; visitó a la chacha Ramoncica y tuvo una larga conferencia con ella, de cuyo objeto se enterara más tarde el curioso lector. Después de esto se volvió a la ciudad don Fadrique.

XXII

Clara había vuelto a salir de paseo con Lucía y acompañada del comendador y de doña Antonia; pero Clara estaba cambiada.

Su palidez y su debilidad eran para inspirar serios temores. Su distracción continua asustaba también al comendador. Cuando éste le dirigía la palabra, Clara se estremecía como si la sacasen de un sueño, como si cortasen el vuelo remontado de su espíritu y le hiciesen caer de pronto del cielo a la tierra, a modo de pajarillo herido por el plomo allá en lo sumo del aire.

A pesar de la benignidad y dulce condición de Clara, don Fadrique advertía con pena que aquella linda criatura esquivaba su conversación; casi no le respondía sino con monosílabos, y hasta procuraba que él no le hablase.

Con Lucía era Clara más expansiva, y Lucía seguía siéndolo siempre con el comendador. Por medio, pues, de Lucía penetraba aún el comendador en el espíritu de aquel ser querido y comunicaba algo con él.

Las nuevas que Lucía le daba eran en sustancia siempre las mismas, si bien más inquietantes cada vez.

—No lo comprendo, tío —decía Lucía—, pero a veces me doy a cavilar que a Clara le han dado un bebedizo. ¡Tiene unos terrores tan inmotivados! ¡Siente unos remordimientos tan fuera de razón!... No sé qué sea ello. Doña Blanca le ha puesto tan feroces escrúpulos en el alma, le ha hecho recelar tanto de su apasionada natural condición... que la infeliz se cree un monstruo, y es un ángel. Tal vez imagina que la persiguen las furias del infierno, los enemigos del alma, una legión entera de diablos, y entonces no se considera en salvo sino acogiéndose al pie del altar. Es menester que avisemos a don Carlos que venga pronto, a ver si liberta a Clara de este género de locura.

El comendador y Lucía escribieron con la misma fecha a don Carlos de Atienza, participándole la novedad de la despedida de don Casimiro, de la resolución de Clara de retirarse a un convento y de estado poco satisfactorio de su salud. Don Carlos partió desatentado de Sevilla, y estuvo en la ciudad a poco.

Con el mismo recato y disimulo de siempre don Carlos volvió a ver a Clara en los paseos que ésta daba con Lucía; pero la delicada salud de Clara le llenó de desconsuelo. Y más aún, si cabe, le atormentó y afligió el ver a Clara esquiva, tímida como nunca, apartándose de él y no queriendo apenas hablarle, aunque mirándole a veces con involuntarias amorosas miradas, que se conocía que ella dejaba escapar a su despecho, y con las cuales, más que amor, reclamaba piedad, conmiseración y hasta perdón por su inconsecuencia de dejarle, de haber alentado sus esperanzas, y de matarlas ahora entrando en el claustro.

La desesperación de don Carlos de Atienza llegó a su colmo. Con no poca amargura echaba la culpa de todo al comendador.

—Para esto —decía— me obligó usted a que me ausentase. En esto han parado las promesas de arreglarlo todo en menos de un mes: en que Clara se me esté muriendo, y en que, además, haya dejado de amarme y quiera ser monja; en que acabe por tomar el velo... y luego la mortaja. Pero yo me moriré también. Yo no quiero sobrevivir. Me mataré si no me muero.

El comendador no sabía qué responder a tales quejas. Procuraba consolar a don Carlos, que le juzgaba indiferente y extraño; que ignoraba que él tenía mayor necesidad de consuelo.

Iba don Fadrique a buscarle en el padre Jacinto. Iba asimismo a buscar en él alguna luz sobre aquel misterio; pero ¡caso extraño! el padre Jacinto, todo franqueza y jovialidad antes, se había vuelto muy grave, muy misterioso y muy callado.

Don Fadrique entrevía, no obstante, que el padre Jacinto aprobaba la resolución de Clara de ser monja. Esto le ponía fuera de sí, y a veces estaba a punto de romper con el padre Jacinto y de mirarle como a amigo desleal o como a fanático sin entrañas.

129

Con todo, en medio de sus tribulaciones el comendador se reportaba y no perdía la calma. Había tomado sus medidas. Su conducta estaba prescrita y determinada con firmeza, y aguardaba sereno el resultado.

Este no tardó mucho en venir.

Era muy de mañana cuando trajo mi criado desde Villabermeja una carta para don Fadrique. Don Fadrique la leyó rápidamente, estando en la cama aún. Se levantó a escape, se vistió y se fue al convento de Santo Domingo en busca de su maestro.

El padre acababa de levantarse y recibió a don Fadrique en su celda. Sentados ambos, como en la otra celda de Villabermeja, hablaron de este modo.

XXIII

—Padre Jacinto —dijo el comendador con aire de jubiloso triunfo—, Clara es libre ya. No es menester que se case con don Casimiro ni que sea monja.

—¿Cómo es eso, hijo mío?

—He dado por ella una suma igual a todo el caudal de don Valentín.

—¿A quién?

—A don Casimiro.

—¿Y con qué razón? ¿Con qué pretexto ha podido aceptarla?

—La ha aceptado con una razón que promete callar; por un motivo secreto.

—¡Válgame Dios, hijo mío! ¡Qué delirio! ¡Qué sacrificio inútil: Y dime... ese motivo secreto...! ¡Confiar así a don Casimiro la honra de una familia ilustre!...

—Yo no le he confiado nada.

—¿Pues de qué medio te has valido?

—De una mentira; pero mentira indispensable y con la cual nadie pierde.

—¿Puedo saber esa mentira?

—Todo lo va usted a saber.

El padre prestó la mayor atención. Don Fadrique prosiguió diciendo:

—De sobra sabe usted que Paca, la primera mujer del tío Gorico, fue una mala pécora.

—Es evidente. Dios la haya perdonado.

—La buena reputación de Paca no tiene nada que perder.

—Absolutamente nada.

—Pues bien. Hay la feliz coincidencia de que Nicolasa nació pocos meses después de mi ida de Villabermeja, cuando estuve allí de vuelta de La Habana.

—¿Y qué?

—He hecho creer primero a la chacha Ramoncica, con el mayor sigilo, que Nicolasa es hija mía. Le he dicho que un deber imperioso de conciencia me obliga a dotarla, ahora, que ella se va a casar. La chacha entiende poco de números. Se ha espantado, no obstante, de la enorme cantidad que yo quería dar por dote; pero la he echado de espléndido y me he supuesto más rico de lo que soy. A las observaciones que la chacha me ha hecho, he respondido que mi resolución era irrevocable. He persuadido, por último, a la chacha de que no conviene que Nicolasa sepa los lazos que a ella me unen, y que es más delicado y honesto que lo sepa solo el sujeto que va a ser su marido. He logrado, pues, que la chacha se encargue de persuadir a don Casimiro a que tome lo que libre, aunque misteriosamente, quiero dar y doy a su futura. No creo que la chacha haya tenido que hacer grandes gastos de elocuencia para convencer a don Casimiro de que debe aceptar. Don Casimiro me ha escrito esta carta, donde me dice que acepta, me colma de elogios por mi generosidad, y me promete callar el motivo de la donación que le hago, y la misma donación, hasta donde sea posible.

El padre Jacinto leyó la carta que le entregó don Fadrique. Luego sacó éste del bolsillo un paquete de papeles. Le puso sobre la mesa y dijo:

—Aquí están los papeles todos que se requieren para formalizar la donación, la cual deseo que se lleve a feliz término por medio de usted. Éste es el poder más amplio, otorgado ante un escribano de esta ciudad, para que usted disponga, venda, enajene y haga lo que convenga con todo cuanto me pertenece. Éstas son las cartas a los banqueros que tienen fondos míos, poniéndolos todos a la orden de usted. Ésta, por último, es la lista, inventario, cuenta o como quiera llamarse, de lo que en poder de dichos banqueros tengo hasta ahora; y esta otra es la cuenta de lo que valen los bienes de don Valentín, justipreciados por peritos. Escasamente llegará lo mío a cubrir el importe de lo que disfruta dicho señor; pero usted sabe que poseo algunas finquillas, y, si fuere menester, supliré la falta. Querido maestro, usted va a ser ejecutor fiel y pronto de mi decidida voluntad, de la cual pretendo que dé usted noticia y testimonio a doña Blanca, exigiéndole en cambio de mi parte la libertad de mi hija. Y digo exigiéndole la libertad de mi hija, porque si no le da libertad, si no procura quitarle de la cabeza tanto insano delirio, si no determina curarla de la mortal enfermedad de alma y de cuerpo, que su orgullo, su fanatismo y sus remordimientos, mil veces más odiosos que el pecado, han hecho nacer, yo me he de vengar, dando el más insolente escándalo que se ha dado jamás en el mundo. Espero que aceptará usted gustoso mi encargo.

—Le acepto —respondió el padre—; mas no sin condiciones. Yo no he de ser el instrumento de tu ruina, si tu ruina es inútil.

—¿Y por qué inútil?

—Porque Clara, a mi ver, no desistirá ya de tomar el velo.

—¿Cómo que no desistirá? Sobre Clara pesa el yugo férreo de su madre. Quitémosle ese yugo, y Clara volverá a vivir, y volverá a amar a su gallardo estudiante, y se casará con él, y, será dichosa.

—Lo dudo.

—Yo no lo dudo. Lo que no me explico es cómo se ha vuelto usted tan tétrico.

—Me parece que es ya tarde —dijo el padre Jacinto, suspirando.

—Voto al mismo Satanás —replicó don Fadrique—: no es tarde aún, si la dicha es buena. Vaya usted hoy mismo a ver a doña Blanca. Infórmela de todo. Convénzala de que es libre Clara; de que los bienes, que de don Valentín ha de heredar están ya pagados. Sepa doña Blanca que yo rescato misteriosamente a nuestra hija. Sepa también que si no admite el rescate, romperé todo freno; lo diré todo; seré capaz de una villanía; la deshonraré en público; leeré a don Valentín cartas que aún de ella conservo; haré doscientas mil barbaridades.

—Vamos, hombre, modérate. Enseguida iré a hablar con doña Blanca. Ella es madrugadora. Estará ya de punta y me recibirá. Aguárdame en tu casa, y allá acudiré a referirte mi entrevista.

—En casa aguardaré a usted. Apresúrese, padre, porque estoy devorado por la impaciencia.

Dicho esto, el fraile y don Fadrique se levantaron y salieron juntos de la celda a la calle, por la cual caminaron en silencio, hasta que el uno entró en casa de su hermano y el otro en casa de doña Blanca Roldán.

Dando paseos por su estancia; despidiendo desabridamente a la curiosa Lucía, que asomó la rubia cabeza a la puerta, y preguntó, como de costumbre, qué había de nuevo, y lleno todo de agitación, esperó don Fadrique más de hora y media.

El fraile llegó al cabo; pero, antes de que abriese los labios, columbró don Fadrique, en lo melancólico que venía, que era portador de malas nuevas.

No bien entrado el fraile, cerró la puerta con llave el comendador, para que nadie viniese a interrumpirlos, y en voz baja dijo, mientras él y su maestro tomaban asiento:

—Cuente usted lo que ha pasado. No me oculte nada.

—Hablaré en resumen, porque ha sido larga la discusión. Doña Blanca ha celebrado tu generosidad. Dice que no atina a comprender cómo un impío es capaz de acción tan noble. Supone que es obra del orgullo; pero al fin la celebra. Mas no por eso te excita a que consumes el sacrificio. Afirma que será inútil, y te ruega que no le hagas. Doña Blanca considera que su hija tiene hoy una verdadera vocación; que Dios la llama a ser su esposa; que Dios la quiere apartar de los peligros del mundo; que Dios quiere salvarla, y que ella no puede, sin gravísima culpa, retraer ahora a su hija de tan santos propósitos.

—¡Hipocresía! ¡Refinamiento de maldad! —interrumpió don Fadrique—. ¿Y usted no la ha amenazado con mi venganza? ¿No le ha dicho usted que estoy determinado a todo; que le arrancaré la máscara: que se acordará de mí; que la burla que de mí hace no quedará sin afrentoso castigo?

—Se lo he dicho todo; pero doña Blanca ha contestado que, si bien te cree un hombre sin religión, todavía te tiene por caballero, y que no teme de ti esas villanas e infames acciones con que en tu rabia la amenazas. Añade, no obstante, que, aun cuando se engañase, aun cuando tú te olvidases de la honra y te vengases así, lo sufriría todo antes de disuadir a su hija contra lo que la conciencia le dicta.

—Esa mujer está loca, padre Jacinto. Esa mujer está loca, y creo que su locura es contagiosa; que a Clara y a usted los tiene ya enloquecidos, y que falta poco para que yo también lo esté. Pero, lo juro por mi honor, por Dios, por lo más sagrado: mi locura será de muy diversa índole. Soñará con mi locura. Pues qué, ¿imagina que soy yo un segundo don Valentín? ¿Piensa que me someteré a sus monstruosos caprichos? ¿Entiende que soy necio y que voy a creer lo que a ella se le antoje hacerme creer? Clara tiene trastornada la cabeza, y por eso quiere ser monja de repente. ¿Qué vocación ha de tener, cuando me consta que estaba, que está aún, enamorada de ese muchacho rondeño, con quien podría ser felicísima? Aquí hay algún misterio abominable. Algo se ha hecho para infundir el delirio en Clara y perturbar su natural despejo. Yo ni puedo, ni quiero, ni debo consentir extravagancias tan criminales. ¿No comprende esa mujer de Satanás que la educación que ha dado a su hija, que esos terrores que le ha infundido son como un veneno? ¿Quiere saciar el odio que me tiene, asesinando a su hija, porque también es mi hija?

—Comendador, ten sangre fría; mira que te engañas. Mira que Clara no siente hoy la vocación religiosa por causa de su madre.

—Me importa poco que sea hoy o ayer cuando su madre le ha dado la ponzoña. El corazón me dice que las rarezas, que los extravíos de Clara provienen del tormento espiritual que le está dando su madre desde que la niña tiene uso de razón. Esto es menester que acabe. Si Clara, cuando esté en completa tranquilidad y serenidad de espíritu, sanos su cuerpo y su alma, persiste en ser monja, que lo sea: yo no me opondré. Mi sacrificio habrá sido inútil. No exhalaré una queja. Que disfrute de todos mis bienes don Casimiro. Pero mientras Clara esté enferma, casi fuera de sí, con una especie de fiebre continua, no he de sufrir que se tome ese estado febril por éxtasis místico, y esos ataques nerviosos por llamamientos del cielo. Es mi hija, voto a quince mil demonios, y no quiero que me la maten. Ahora mismo voy a ver a doña Blanca. Romperé la consigna para entrar. Romperé la cabeza a quien quiera oponerse a mi entrada. Si no la veo y la hablo, estallo como una bomba. No me detenga usted, padre Jacinto. Déjeme usted salir.

El comendador había abierto la puerta, se había puesto el sombrero, y forcejeaba por salir con el padre Jacinto, que procuraba detenerle.

—Quien está desatinado eres tú —decía el padre—. ¿A dónde vas? ¿No calculas el escándalo de lo que te propones hacer?

—Déjeme usted, padre. Yo no calculo nada.

—Esto es una perdición. Dios te ha dejado de su mano. Oye cuatro palabras con reposo y haz luego lo que quieras. Carezco de fuerzas para detenerte.

El padre Jacinto cedió en su resistencia y el comendador se paró a escucharle.

—Quieres ver a doña Blanca, y la verás, pero con menos peligro de lances y de escándalo. Pasado mañana va don Valentín a la casería con el aperador, a vender unas tinajas de vino. Entonces podrás ver y hablar a doña Blanca. Para evitar mayores males, te llevaré yo mismo. Yo entretendré a Clara a fin de que hables a solas con doña Blanca y le digas cuanto tienes que decirle. Ya ves a lo que me allano. Ya ves a lo que me comprometo. Vas a sorprender desagradablemente a doña Blanca con tu inesperada visita. Vuestra conversación va a tener algo de un duelo a muerte; mas prefiero intervenir en él, ser cómplice en el delito de vuestro espantoso diálogo, a que sucedan cosas peores. Por las ánimas benditas, comendador, aguarda hasta pasado mañana. Vendrás conmigo. Verás a doña Blanca. Por la amistad que me tienes, por la pasión y muerte de Cristo te suplico que te calmes para entonces, y trates de que sea lo menos cruel posible la entrevista que te voy a procurar.

El comendador cedió a todo, y agradeció al padre Jacinto los consejos que le daba y la protección que le ofrecía.

XXIV

Con febril impaciencia aguardó don Fadrique el plazo que el padre le había pedido.

No hay plazo que no se cumpla, y dicho plazo se cumplió al cabo. Cumpliéronse también los pronósticos del padre. Don Valentín salió aquel día muy de mañana con el aperador para ir a la casería, de donde no pensaba volver hasta la noche.

El comendador, que lo espiaba todo, se preparó para la entrevista prometida. El padre Jacinto no se hizo aguardar mucho tiempo y vino a buscarle.

Reconociendo que lo menos peligroso, lo menos ocasionado a males, era que se viesen ambos cómplices, por si lograban entenderse y convenir en algo acerca de la hermosa Clarita, no quiso el padre hablar con doña Blanca y proponerle una conferencia con el comendador. Tenía por seguro que se negaría, y que, ya sobre aviso, le haría más difícil, casi imposible, el hacer entrar al comendador hasta donde ella estuviese. Así, pues, se resolvió por la sorpresa. Sabía las costumbres de la casa, sabía las horas de todo, y todo lo dispuso con sencillez y habilidad.

Antes de las diez de la mañana, una hora después del almuerzo, Clara se retiraba a su cuarto y doña Blanca se quedaba sola en la sala donde estaba de diario.

El padre se puso en marcha en punto de las diez llevando al comendador en pos de sí. Entraron en el zaguán, y el padre dio dos aldabonazos.

La voz de una criada gritó desde arriba:

—¿Quién es?

—Ave María purísima. Gente de paz —contestó el padre.

La moza, que reconoció la voz, tiró del cordel desde un balcón del piso principal que daba al patio. Con este cordel se abría la puerta sin bajar la escalera.

La puerta se abrió, y entraron el comendador y el fraile, sin que los viese nadie, ni la misma criada que les había abierto, pues entre el patio, a donde daba el balcón en que se hallaba la criada, y la puerta de la calle, había otro zaguán, del cual arrancaba la escalera principal o de los señores.

No bien entró el padre Jacinto con su compañero, cerró de nuevo la puerta y dijo en alta voz:

—Dios te guarde, muchacha.

—Dios guarde a su merced —contestó ella.

Entonces el comendador y su guía subieron rápidamente la escalera. Ya en la antesala, donde tampoco había un alma, dijo el fraile a don Fadrique, señalándole una puerta:

—Allí está doña Blanca. Entra... háblale; pero ten juicio.

Don Fadrique, con ánimo decidido, con verdadero denuedo, se dirigió a la puerta señalada, entró, y la volvió a cerrar.

No bien desapareció don Fadrique, llegó la criada.

—¡Hola! —dijo el padre Jacinto—. ¿Está doña Blanca sola?

—Sí, padre. ¿No entra su merced a verla?

—No; más tarde. Déjala tranquila. No entres ahora, que estará ocupada en sus negocios. No la distraigamos. ¿Está Clarita en su cuarto?

—Sí, padre.

—Ea, vete a tus quehaceres, que yo voy a ver a Clarita.

Y, en efecto, el padre Jacinto y la criada se fueron por su lado cada uno.

Entre tanto, don Fadrique se hallaba ya en presencia de doña Blanca, sorprendida, pasmada, enojada de tan imprevisto atrevimiento. Sentada en un sillón de brazos, había levantado la cabeza al sonar el pestillo y la puerta que se abría, había visto que la volvía a cerrar quien había entrado, había reconocido al punto al comendador, y aun casi inmóvil, silenciosa, le miraba de hito en hito, sospechaba si estaría soñando, y apenas si se atrevía a dar crédito a sus ojos.

El comendador se adelantó lentamente dos o tres pasos.

No saludó de palabra; no pronunció una sola: no hallaba, sin duda, fórmula de saludo que no disonase en aquella ocasión; pero con el gesto, con el ademán, con la expresión de toda su fisonomía, mostraba que era un caballero respetuoso, que pedía humildemente perdón de la astucia y de la audacia que se había visto obligado a emplear para llegar hasta allí. En su rostro se veían las disculpas que de palabra no daba. Si atropellaba respetos, lo hacía con razón suficiente. A par de estas cosas, se leía asimismo en el rostro varonil del comendador la firme resolución de no salir de allí hasta que se le oyese.

Doña Blanca se hizo al punto cargo de todo esto. Conocía tan bien a aquel hombre, que no necesitaba a veces oírle hablar para penetrar sus intenciones y sus sentimientos. Doña Blanca comprendió que lo menos malo era oírle; que no podía echarle, sin exponerse a dar el mayor de los escándalos. No quiso, sin embargo, aparecer desde luego resignada. Se alzó de su asiento, y antes de que el comendador hablase, le dijo:

—Váyase usted, don Fadrique, váyase usted. ¿Qué palabras, qué explicaciones pueden mediar entre nosotros, que no produzcan una tempestad, sobre todo si nos hablamos sin testigos? ¿Para qué me busca usted? ¿Para qué me provoca? No podemos hablamos; apenas si podemos mirarnos sin herirnos de muerte. ¿Es usted tan cruel, que desea matarme?

—Señora —contestó el comendador—: si no creyese que cumplo un deber imperioso viniendo hasta aquí, no hubiera venido. Cuando penetro furtivamente en esta sala, es porque tengo razones suficientes para ello.

—¿Qué razones alega usted para venir a turbar mi reposo?

—El interés que me inspira un ser a quien me une estrechísimo lazo.

—Muy disimulado, muy oculto ha tenido usted ese interés durante dieciséis años. No se ha acordado usted de ese ser hasta que por casualidad ha tropezado con él en su camino. Ha sido menester que salga usted de paseo con una sobrina suya, y que esta sobrina tenga una amiga, y que esta amiga vaya con ella, para que el amor paternal, que vivía latente y ni siquiera sospechado allá en las profundidades de su magnánimo corazón, se revele de pronto y dé gallarda y briosa muestra de sí. Si el acaso no nos hubiese traído a vivir en la misma población, o si Clara no hubiese sido amiga de Lucía, aunque en la misma población viviésemos, su interés de usted, su amor paternal, sus deberes imperiosos, confiéselo usted, dormirían tranquilos en el fondo de esa envidiable y harto cómoda conciencia.

—Justo es que me moteje usted. No debo defenderme. Confieso mi culpa. Voy, con todo, a tratar de explicarla y de atenuarla. Yo no podía sospechar que al lado de usted, bajo el amparo de una madre cariñosa, corriese mi hija ningún peligro, hallase motivo para ser desventurada.

—Su desventura no proviene de mí solamente. Su desventura proviene del pecado en que fue concebida, y del cual ni usted ni yo, que somos los pecadores, podemos salvarla ni redimirla.

—Ella no es responsable: nadie es responsable de faltas que no comete. Esa transmisión es un absurdo. Es una blasfemia contra la soberana justicia y la bondad del Eterno.

—No llevemos la conversación por ese camino, señor don Fadrique. Si a usted le parece blasfemia lo que yo creo, impiedad y blasfemia me parece a mí cuanto usted dice y piensa. ¿A qué, pues, hablar conmigo de Dios? Deje usted a Dios tranquilo, si por dicha cree en Él, allá a su modo. La desventura de mi hija, llámela usted fatal, llámela como guste, procede de su nacimiento. Pues qué, ¿no ha reconocido usted mismo esa desventura, al querer librar de ella a mi hija, haciendo un gran sacrificio, que yo le agradezco, pero que juzgo ya inútil?

—Alguna verdad hay en lo que usted dice. Yo reconozco que Clara, sin culpa, estaba condenada por la suerte o a sacrificarse o a ser una usurpadora indigna.

—Estamos de acuerdo, salvo que donde usted dice por la suerte, digo yo por el pecado, y no por el pecado de ella, sino por el pecado de otros. Esto es inicuo para usted, que no acata los inescrutables designios de la Providencia. Esto es solo misterioso para mí. Por eso es lo mejor no tocar tales cuestiones. Hablemos de aquello en que convenimos. Convenimos en que Clara estaba, sin culpa suya, condenada a una pena.

—Convenimos; pero convenga usted también en que yo la he libertado.

—Si la ha libertado usted, habrá sido por una serie de casos fortuitos: porque vio usted a Clara y la reconoció; porque Clara es bonita, ya que, si hubiera sido fea, no se hubiera usted entusiasmado tanto, ni la vanidad de padre hubiera provocado con ímpetu el amor de padre, y porque, en suma, tiene usted bastante dinero que dar, y halla usted un hidalgo con bastante poca vergüenza para tomarle sin motivo justificado.

—A mi vez suplico yo también a usted que no entremos en cuestiones inútiles. Yo no he venido aquí a discretear ni a filosofar.

—Yo no discreteo ni filosofo. Digo lo que es cierto. El pecado no fue un acaso; no fue algo independiente de nuestro libre albedrío. El que usted haya encontrado a Clara; el que ella sea bonita, por donde juzga usted que no debe casarse con don Casimiro ni ser monja, y el que tenga usted más de cuatro millones, no son cosas que de su voluntad de usted han dependido. Para usted son casuales, aunque por Dios estuviesen previstas y preparadas, como lo está cuanto ocurre en el universo.

—Vamos, señora, no apure usted mi paciencia. Tan casual será todo eso, como el haber yo encontrado a usted en Lima, el que fuese usted bonita y el que yo no fuese un monstruo de feo. Lo que no fue casual, sino voluntario, fue la caída; pero tampoco es casual, sino voluntario, el rescate. Será casual, no dependerá de mi voluntad el tener cuatro millones, pero es voluntario, es mi voluntad misma el darlos. Clara, no por casualidad, sino por un acto libre, está ya rescatada del cautiverio, al cual, según usted juzga, y no sin razón, se hallaba sometida por otro acto, que no supongo que considere usted más voluntario, más reflexionado, más meditado y más deliberado con perfecta claridad en la conciencia. Hasta este punto el diálogo había sido de pie. Doña Blanca ni se sentaba ni ofrecía asiento al comendador. Éste, después de un momento de pausa, porque doña Blanca no respondió al punto a su último razonamiento, dijo con serenidad:

—Mire usted, señora: yo no quiero que disertemos ni que divaguemos. Tengo, no obstante, mucho que hablar; y para que la conferencia sea breve, importa proceder sin desorden. El desorden no se evita sino con la comodidad y el reposo. ¿No le parece a usted, pues, que sería bueno que nos sentásemos?

Doña Blanca siguió silenciosa, lanzó una mirada al comendador, entre iracunda y despreciativa, y se dejó caer de nuevo en el sillón, como aplanada. Entonces se sentó el comendador en una silla, y prosiguió hablando.

—Mi resolución —dijo—, es irrevocable. Sea por lo que sea: por un capricho, porque Clara es bonita, porque he tropezado con ella casualmente en mi camino, por lo que a usted se le antoje, yo la he rescatado. Todo lo que herede ella por muerte de su marido de usted lo gozará ya, con años de anticipación, el que debiera heredarle, si Clara no viviese. Viva, pues, Clara. Vengo a pedir a usted su vida.

—A lo que viene usted es a insultarme. ¿Mato yo acaso a Clara?

—Lejos de mí el propósito de insultar a usted Sin querer, podría usted acaso matar a Clara, y esto es lo que vengo a evitar. Para ello estoy resuelto a apelar a todos los medios.

—¿Me amenaza usted?

—No amenazo. Declaro mi pensamiento sin rebozo.

—¿Y qué me toca hacer, según usted, para evitar que Clara muera?

—Disuadirla de que sea monja.

—Eso es imposible. Yo no creo que entrar monja sea morir, sino seguir la mejor vida.

—Ya he dicho que no discuto, ni trato de teologías con usted. Concedo, pues, que la vida del claustro es la mejor vida; pero es cuando hay vocación para seguirla; cuando no se va al claustro desesperada, casi loca, llena de desatinados terrores.

—Vuelvo a repetir a usted que me deje, señor don Fadrique. ¿Para qué hablar? Nos atormentaremos y no nos entenderemos. Usted llama terrores desatinados al santo temor de Dios, desesperación al menosprecio del mundo, y locura a la humildad cristiana y al recelo de caer en tentación y de faltar a los deberes. Usted considera muerte la vida que en este mundo se asemeja más al vivir de los ángeles. ¿Cómo, pues, hemos de entendernos? Usted me honra más de lo que merezco, pensando que me acusa, al suponer que yo he inspirado a mi hija tales ideas y tales sentimientos.

—Por amor del cielo, mi señora doña Blanca, yo no sé por quién conjurar a usted, en nombre de quién suplicarle, que no involucre las cosas, que no me oiga con prevención, que atienda al bien de su hija, y que no dude de que yo vengo aquí, la molesto con mi presencia y la mortifico con mis palabras, sin prevención también, y solo por el deseo de ese bien impulsado. ¿Cómo he de condenar yo el santo temor de Dios, el menosprecio del mundo, si es razonable, y la humildad cristiana, que nos lleva a desconfiar de nuestra flaca y pecadora naturaleza? Lo que yo condeno es el delirio. Concedería que Clara tomase el velo aun cuando no le tomase después de pensarlo reflexivamente; aun cuando lo tomase por un rapto fervoroso de devoción; pero lo que no concedo, lo que no consiento es que le tome en un arrebato de desesperación. Sería un suicidio abominable y sacrílego.

—¿Y de dónde infiere usted que Clara está desesperada? ¿Quién se lo ha dicho a usted? ¿Qué motivos tiene ella para desesperarse?

—Nadie me lo ha dicho. Basta mirar a Clara para conocerlo. Usted misma lo conoce. No disimule usted que lo conoce. Si no temiese usted hasta por su vida corporal, ¿no hubiera ya dejado que entrase en el convento? Al darle ahora la libertad que le da, ¿no lo hace usted excitada por el deseo de que su salud se mejore? En cuanto a los motivos de su desesperación, concretamente yo los ignoro; pero los percibo de cierta manera confusa. Usted la ha hecho dudar de sí más de lo que debiera: sin prever un resultado tan funesto, ha infundido usted en su espíritu que está predestinada a pecar si no busca asilo al pie de los altares. En suma, usted la ha envenenado con tal desconfianza, que ella, al sentir los latidos de su corazón juvenil y la lozanía de la vida en su verde primavera; al ver el fuego, si puro, ardiente de sus ojos; al oír la voz de la naturaleza, que la incita a que ame; al soñar acaso con lícitas venturas, logradas en este mundo al lado de un ser de su misma humana condición, se ha figurado que era presa de impuras pasiones, se ha creído perseguida por los monstruos del infierno, y para no ser ella un monstruo, ha querido refugiarse en el santuario.

—Demos que todo eso sea exacto —replicó imperturbable doña Blanca—. Demos que los hechos son los mismos para usted y para mí. La diferencia subsistirá siempre en la manera de apreciarlos. Si Clara se va al claustro, no ya por puro amor de Dios, sino por temor de ofenderle, por considerarse sobrado frágil para resistir las tempestades del mundo y por miedo de sí misma y del infierno, Clara, a mi ver, no desatina: Clara procede con recto juicio y consumada prudencia. Los motivos de su vocación para la vida religiosa, si no son los más elevados, son buenos. Lejos de mí el tratar de disuadirla, aunque pudiese. A fin de que goce Clara una efímera e incierta dicha en la tierra, no he de oponerme yo a que tome el camino que más derechamente pueda llevarla al cielo. No por dar gusto a usted he de aconsejar yo a Clara, cuando la nave de su vida va a entrar ya en el puerto segurísimo y abrigado, que vuelva la proa y que se engolfe en el piélago borrascoso, donde puede zozobrar y hundirse con eterno hundimiento.

—Sí —interrumpió el comendador, harto ya—, lo mejor es que se muera para que se salve.

—¿Y cómo negarlo? —respondió fuera de sí doña Blanca—. Más vale morir que pecar. Si ha de vivir para ser pecadora, para su eterna condenación, para su vergüenza y su oprobio, que muera. ¡Llévatela, Dios mío! Así me hubiera muerto yo. ¡Cuánto más me valiera no haber nacido!

—Los mismos furores de siempre. Está usted como atormentada de un espíritu maligno. Yo me lo sabía. Yo tengo la culpa de todo. Yo hubiera debido robar a mi hija de la casa de usted, y criarla conmigo, y hacerla dichosa, y darle mi nombre.

—Bendito sea Dios porque no ha sido así. ¡Criada mi hija por un impío! ¿Qué hubiera sido de ella? ¡Debe de ser repugnante una mujer sin religión!

—No sé lo que será una mujer sin religión, ni hubiera sido mi propósito que mi hija no la tuviera. Lo que sé es que una mujer exaltada por el fanatismo religioso puede hacerse insufrible.

—¡Qué feliz sería yo si tal hubiera aparecido a los ojos de usted desde el principio! ¡Cuántos males se hubieran evitado! Pero usted pensaba entonces de otra manera, y me persiguió con constancia, me pretendió con terquedad, y no hubo medio de seducción, ni mentira, ni engaño, ni blandura de regaladas palabras, ni encarecimiento de amante que muere de amor, ni promesa de darme toda el alma, que usted no emplease para vencer mi honrado desvío. Llegó usted a alucinarme hasta el extremo de anhelar yo perderme por salvar a usted. ¡Aquél sí que fue delirio! ¿Pues no llegué a soñar con que, cayendo yo, iba a ganar su alma de usted y a sacarla de la impiedad en que estaba sumida? ¿Pues no me desvanecí hasta el punto de creer que, incurriendo con usted en el pecado, había de levantarle y traerle luego conmigo en la purificación y en la penitencia? ¿De qué artificios no se vale el demonio para envolvernos en sus redes? Yo estaba ciega. Creí ver en usted un hombre extraviado que me enamoraba, que estaba prendado de mí, a quien por amor mío iba yo a cautivar el alma, haciéndola capaz de más altos amores. No advertí que ni siquiera era usted capaz del bajo y criminal amor de la tierra. Usted buscaba solo la satisfacción de un capricho, un goce fácil, un triunfo de amor propio. Usted creyó que, una vez vencido mi desvío, que después de un instante de pasión y de abandono, todo sería paz, todo lo olvidaría yo por usted, para que usted me hallase siempre sumisa, alegre, con la risa en los labios. Usted imaginó que yo iba a matar en mi alma todo remordimiento, toda vergüenza, toda idea del deber a que había faltado, todo temor de Dios, todo respeto a mi honra, todo sentimiento amargo de su pérdida, todo miedo a las penas del infierno, todo aguijón en la conciencia. Se equivocó usted, y por eso le parecí insufrible. Era usted dueño de mi alma; pero, así como en tierra de valientes y generosos, que jamás olvidan lo que deben a su patria, solo posee el feroz conquistador la tierra que pisa, así usted no me poseía sino cuando hasta de mí misma me olvidaba. Cuando no, me alzaba yo contra usted, trataba de limpiar mi culpa con la penitencia, y luchaba siempre por libertarme. ¿Cuánto, no obstante, hubiera debido enorgullecer a usted cada una de sus victorias, aun siendo impío, sí hubiera usted acertado a comprender la grandeza sublime y tempestuosa de las grandes pasiones? Horribles eran aquellas frecuentes luchas; pero usted, cuando triunfaba, triunfaba, no solo de mí, sino de los ángeles que me asistían; de mi fe profunda; del cielo, a quien yo invocaba; del principio del honor arraigado en mi alma, y de mi conciencia acusadora y severa contra mí misma. Usted, que solo buscaba alegría y deleite, se fatigó de luchar. Así me liberté del cautiverio infame. Alabado sea Dios, que lo dispuso. Alabado sea Dios, que ha castigado después tan justamente mi culpa; pero, se lo confieso a usted, el castigo que más me ha dolido siempre, el que más me duele todavía, es el tener que despreciar al hombre que he amado. Ya lo sabe usted. Usted me halla insufrible: yo le hallo a usted despreciable. Váyase de aquí. Salga de aquí, o haré que le echen. ¿Quiere usted delatarme? ¿Quiere usted declararme culpada? Hágalo. No temo ya desventura ni humillación, por grande que sea. Sépalo usted de una vez para siempre: me alegro de que Clara entre en un convento. No seré tan vil, que por miedo de usted falte a mi deber inculcándole lo contrario. Ahora, márchese; salga de mi casa; déjeme tranquila.

Doña Blanca, puesta de pie otra vez, con ademán imperioso, señalando la puerta con la mano, expulsaba al comendador. ¿Qué había de hacer, qué había de contestar éste? Doña Blanca pareció frenética a los ojos del comendador, lleno de piedad y casi de susto. Temió ser cruel y mal caballero si respondía. Guardó silencio. Vio el asunto perdido, al menos por aquel lado, y no quiso prolongar más el doble martirio.

Don Fadrique inclinó la cabeza y salió de la sala harto apesadumbrado. Apenas se vio en la antesala, bajó la escalera, abrió la puerta del zaguán y se lanzó a la calle, respirando con delicia el ambiente, como quien se está ahogando y logra sacar la cabeza del agua en que se hallaba sumergido.

XXV

A pesar de su optimista y regocijada filosofía; a pesar de su propensión natural a reír y a ver las cosas por el lado cómico, don Fadrique estuvo todo aquel día meditabundo, callado, con una seriedad melancólica harto extraña en él.

A la hora de comer apenas probó bocado; apenas si habló con su hermano, con su cuñada y con su sobrina, los cuales, cada uno por su estilo, le agasajaban mucho.

Don José era un señor excelente, que no hacía más que cuidar de su hacienda, jugar a la malilla en la reunión de la botica y dar gusto a doña Antonia.

Esta señora tenía una pasta de las mejores: cuidaba de la casa con esmero, cosía y bordaba. Era buena cristiana, iba a misa todos los días y rezaba el rosario con los criados todas las noches; pero en todo ello había algo de maquinal, de fórmula, costumbre o rutina, sin que doña Antonia se metiese en honduras religiosas. Solo salía algo de sus casillas y mostraba cierto entusiasmo apasionado en favor de la Virgen de Araceli, de Lucena (doña Antonia era lucentina), prefiriéndola a las otras Vírgenes y hallándola más milagrosa.

En cuanto a director espiritual, doña Antonia tenía a un capuchino fervoroso y elocuente, cuya fama eclipsaba entonces la del padre Jacinto, el cual, como más tibio en el predicar y en el reprender, no hacía tantas conversiones ni traía al redil tantas ovejas descarriadas como su cofrade barbudo.

Lucía tenía por confesor al padre Jacinto, y se llevaba tan bien con su madre, que las únicas discusiones que había entre ellas eran sobre los méritos de sus respectivos confesores. Por lo demás, como doña Antonia no tenía voluntad ni opinión, y de todo se le importaba lo mismo, francamente no era gran prueba de sumisión y deferencia en Lucía el no discutir nunca con su madre, salvo sobre el capuchino, y alguna que otra vez, aunque raras, acerca de la Virgen de Araceli. Lucía no era muy devota, y careciendo de otra Virgen predilecta, concedía pronto a su madre la superior excelencia de la suya.

La única causa de disidencia era, pues, el padre Jacinto, en quien Lucía hallaba superior entendimiento e ilustración; mas al cabo, como buena hija que era, y a fin de contentar a su madre, declaraba que el capuchino había reunido a un sinnúmero de malos casados, que andaban campando por sus respetos y viviendo aparte engolfados en mil marimorenas, y había logrado que no pocos pecadores y pecadoras dejasen las malas compañías y peores tratos, e hiciesen vida ejemplar y penitente: de todo lo cual podía jactarse muchísimo menos el padre Jacinto; de donde infería Lucía que el capuchino era mejor director espiritual de los extraviados, y el padre Jacinto mejor director de los que estaban en el buen sendero o dentro del aprisco. El uno valía para vencer y reducir a la obediencia a los rebeldes; el otro para gobernar sabia y blandamente a los sumisos.

Con esto se aquietaba doña Antonia y vivía en santa y dulce paz con su hija, a quien había enseñado todas sus habilidades caseras, reconociendo la maestra, sin envidia y con júbilo, que casi siempre se le aventajaba ya la discípula. Lucía bordaba con todo primor, en blanco, en seda y en oro; hacía calados, pespuntes y vainicas como pocas, y en guisos y dulces nadie se le ponía delante, que no saliera con la ceniza en la frente. Solo resplandecía aún la superioridad de doña Antonia en las faenas de la matanza. Era un prodigio de tino en el condimentar y sazonar la masa de los chorizos, morcillas, longanizas y salchichas; en adobar el lomo para conservarle frito todo el año, y en dar su respectivo saborete, con la adecuada especiería, a las asaduras, que ya compuestas llevan siempre el nombre de pajarillas, sin duda porque alegran las pajarillas de quien las come, y a los riñones, mollejas, hígado y bazo, que se preparan de diverso modo, con clavo, pimienta y otras especies más finas, excluyendo el comino, el pimentón y el orégano.

El lector no ha de extrañar que entremos en estos pormenores. Convenía decirlos, y, distraídos con la acción principal, no los habíamos dicho.

El niño mayorazgo, hijo de don José y de doña Antonia, había ido, hacía poco, al Colegio de guardias marinas de la isla, con buenas cartas de recomendación de su señor tío.

Doña Antonia andaba siempre con las llaves de una parte a otra, ya en la repostería, ya en la despensa, ya en la bodega del aceite, ya en la del vino, ya en la del vinagre.

La casa tenía todo esto, como casa de labrador, a par que de señores, pues don José, al trasladarse a la ciudad, había traído a ella muchos de sus frutos para venderlos con más estimación y darles más fácil salida.

Don José, cuando no hacía cuentas con el aperador, o bien oía a los caseros, que venían a verle y a informarle de todo desde las caserías, o se largaba a la botica, donde había tertulia perpetua y juego por mañana, tarde y noche.

Resultaba, pues, que el comendador, salvo a las horas de las tres comidas, y un rato de noche, cuando había tertulia, a la cual. no faltaba jamás don Carlos de Atienza, se hallaba en una grata y apacible soledad, no interrumpida sino por la rubia sobrina, la cual le buscaba siempre, preguntándole qué había de nuevo respecto a Clara.

Don José y doña Antonia, que estaban en Babia, nada sabían de los disgustos y cuidados del comendador. Lucía los sabía a medias; distando infinito de presumir, a pesar de sus hipótesis, que Clara estaba ligada a su tío con vínculo tan natural.

Los criados de la casa y el público todo seguían desorientados en punto a don Carlos de Atienza. Viéndole joven, elegante y lindo, que venía con frecuencia a la casa, y que cuchicheaba siempre con Lucía, supusieron con visos de fundamento que era su novio, y ya en la casa le apellidaban el novio de la señorita.

Tal era la situación de cada uno de los personajes secundarios de esta historia cuando el comendador, después de su entrevista con doña Blanca, se hallaba tan desazonado.

Durante la comida le colmaron de cuidados, creyéndole indispuesto. Doña Antonia supuso que tendría jaqueca y le excitó a que fuese a reposar. Don José, después de decirle lo mismo, se largó a la botica. Lucía, con más vivo interés, trató de informarse mil veces de la causa del disgusto de su tío; pero no consiguió nada.

El comendador, a sus solas, no hacía más que pensar sobre su diálogo con doña Blanca, y concebir los más encontrados pensamientos, aunque siempre poco gratos.

Ya se le figuraba que dicha señora tenía un orgullo satánico, un genio infernal, y entonces se culpaba a sí mismo de no haberle robado a la hija; de haberla dejado en su poder para que la enloqueciera y la hiciera desgraciada. Ya imaginaba, por el contrario, que, desde su punto de vista, doña Blanca tenía razón en todo.

El comendador entonces calificaba su persecución en pos de doña Blanca y su victoria ulterior (que en otro tiempo había mirado como una ligereza perdonable, como una bizarría de la mocedad) de conducta inicua y malvada a todas luces, aun juzgada por su criterio moral, lleno de laxitud en ciertas materias.

—Por cierto que no merezco perdón —se decía don Fadrique—. La maldita vanidad me hizo ser un infame. ¡Había tantas mujeres guapas cuando yo era mozo, a quienes cuesta tan poco otro tropiezo, una caída más o menos! ¿Por qué, pues, no siendo arrastrado por una pasión vehemente, que ni siquiera tengo esta excusa, ir a turbar la paz del alma de aquella austera señora? Tiene razón sobrada. Soy digno de que me aborrezca o me desprecie. Lo único que mitiga un tanto la enormidad de mi delito es la mala opinión que tenía yo entonces de casi todas las mujeres. No me cabía en la cabeza que ninguna pudiera (después sobre todo) tomar tan por lo serio los remordimientos, la culpa... En fin, yo no preví lo que pasó después. Si lo hubiera previsto... me hubiera guardado bien de pretender a doña Blanca. Aunque no hubiera habido otra mujer en la tierra... su corazón hubiera quedado entero para don Valentín, sin que yo se le robara. Pero nada... ¡esta pícara costumbre de reír de todo... de no ver sino el lado malo! Me gustó... me enamoró... eso sí... yo estaba enamorado... y como creí que la gazmoñería era sal y pimienta que haría más picante y sabroso el logro de mi deseo, y que luego se disiparía, insistí, porfié, hice diabluras... sí... hice diabluras: creé dentro de su conciencia un infierno espantoso; por un liviano y fugitivo deleite dejé en su espíritu un torcedor, una horrible máquina de tormento, que sin cesar le destroza el pecho, diecisiete años hace. ¡Como tengo este carácter tan jocoso!... Las cañas se volvieron lanzas. La burla fue pesada. Pero ¡Dios mío... si yo no podía sospecharlo! Aunque me lo hubieran asegurado mil y mil personas, no lo hubiera creído. Lo repito, no cabía en mi cabeza. Yo no comprendía arrepentimiento tan feroz y tan persistente, simultáneo casi con el pecado. Yo no había medido toda la violencia de una pasión que, a pesar del grito airado y fiero de la conciencia, que a despecho del sangriento azote con que el espíritu la castiga, rompe todo freno y sale vencedora. Cuando exclamaba ella, casi rendida ya a mi voluntad, cayendo entre mis brazos, doblándose quebrantada al toque de mis labios, recibiendo mis besos y mis caricias, cediendo a un impulso irresistible, y no obstante luchando: «¡Dios mío, mátame antes que caiga de tu gracia! ¡Prefiero morirá pecar!»; cuando decía esto, que hoy ha repetido a propósito de su hija, no me inspiraba compasión, no me apartaba de mi mal propósito; antes bien era espuela con que aguijoneaba mi desbocado apetito. ¡Cuán hermosa me parecía entonces, al pronunciar, con voz entrecortada por los sollozos, aquellas palabras, a las cuales yo no prestaba sino un vago sentido poético, y en cuya verdad profunda yo no creía! Hasta la dulzura de su misma religión se maleaba y viciaba en mi mente, interpretada por mi concupiscencia, y quitaba a mis ojos todo valor a aquella desolación suya, a aquella angustia con que miraba y repugnaba la caída, sin hallar fuerzas para evitarla. Yo me atrevía a decidir que no era tan gran mal el que tenía tan fácil remedio. Yo me convertía en redentor del alma que cautivaba y en salvador del alma que perdía, parodiando la sentencia divina y diciendo en mi interior: «Levántate: estás perdonada, por lo mucho que has amado». ¡Ah, cielos! ¿Por qué ocultármelo? Procedí con villanía. Era yo tan bajo y tan vil, que no comprendí nunca el vigor, la energía de la pasión que sin merecerlo había excitado. Era yo como salvaje que, sin conocer un arma, la dispara y hiere de muerte. La grandeza y la omnipotencia del amor me eran tan desconocidas como la persistencia y el indómito poderío de una conciencia recta, que acepta el deber y le cumple, o jamás se perdona si no le cumple. ¿Será que soy un miserable? ¿Tendrán razón los frailes y los clérigos al sostener que no hay verdadera virtud sin religión verdadera?

De esta suerte se atormentaba don Fadrique en afanoso soliloquio, en que volvía cien y cien veces a repetirse lo mismo.

El que no viniese el padre Jacinto a hablar con él inspiraba al comendador la mayor inquietud. Varias veces se asomó al balcón de su cuarto, que daba a la calle, a ver si le veía salir de casa de doña Blanca. Varias veces salió a la calle y fue hasta el convento de Santo Domingo, aunque estaba lejos, a preguntar si el padre Jacinto había vuelto. El padre Jacinto no parecía en parte alguna.

A la caída de la tarde, estando don Fadrique en su estancia, oyó pisadas de caballos que paraban cerca. Salió al balcón y vio apearse a don Valentín, que volvía de la casería.

Llegó la noche y no pareció el padre Jacinto.

Don Fadrique echaba a volar su imaginación con vuelo siniestro. Hacía las suposiciones más extrañas y dolorosas.

—¿Qué habrá sucedido? —se preguntaba.

A las ocho de la noche, por último, el comendador vio aparecer al padre Jacinto bajo el dintel de la puerta de su cuarto.

Al verle, le dio un vuelco el corazón. El padre traía la cara más grave y melancólica que había tenido en su vida.

—¿Qué es esto? ¿Qué pasa? —dijo el comendador—. ¿Dónde ha estado usted hasta ahora?

—¿Dónde he de haber estado? En casa de doña Blanca, donde hice mal y remal en introducirte traidoramente. ¡Buena la has hecho! ¿Qué demonios te aconsejaron cuando hablabas? ¿Qué dijiste a la infeliz? ¡Vaya un berrinche que ha tomado! Está mala. ¡Dios quiera que no se ponga peor!

El comendador se mostró consternado, se quedó mudo. El fraile añadió:

—Clarita es una santa. Allí la dejo cuidando a su madre. No sé para qué todas estas desazones. La chica está resuelta, firmemente resuelta. Todo es inútil. Bien hubiera podido evitarse tu endemoniada conversación con la madre. Tiempo es de evitar aún que te arruines a tontas y a locas.

El comendador, recobrando el habla, respondió:

—Lo hecho, hecho está. Yo no gusto de arrepentirme. Yo no deshago mis promesas. Yo no me vuelvo atrás nunca. Lo que prometí a don Casimiro y él ha aceptado, tiene que cumplirse. Pero, ¿qué enfermedad es esa de doña Blanca? ¿Sigue Clara poseída de su lúgubre locura? Voto a todos los demonios y condenados que hay en el infierno, que jamás hubiera yo podido soñar que iba a ser víctima de tan enrevesados sentimentalismos.

El comendador se paseaba a largos pasos por la estancia. El padre le miraba con pena y algo aturdido.

En esto, Lucía, que había visto entrar al padre, asomó la rubia y linda cabeza a la puerta, que había quedado entornada, y dijo con dulce ansiedad.

—Tío, ¿qué hay de nuevo?

—Nada, niña. Por Dios, déjanos en paz ahora que vamos a tratar asuntos muy graves.

Lucía se retiró, lastimada de inspirar tan poca confianza.

XXVI

Cuando el padre y el comendador se quedaron solos de nuevo, cerró éste la puerta e interrogó al padre en voz baja sobre lo que había oído a doña Blanca, sobre lo que había hablado con Clarita; pero nada sacó en limpio.

El padre Jacinto parecía otro del que antes era. Mostrábase preocupado; buscaba evasivas para no contestar a derechas: sus misterios y reticencias daban a su interlocutor una confusa alarma.

Al fin tuvo don Fadrique que dejar partir al fraile, sin averiguar nada más que lo que ya sabía.

Aquella noche no salió de su cuarto; no quiso ver a nadie; pretextó hallarse indispuesto, para encerrarse y aislarse.

Se pasaron horas y horas, y aunque se tendió en la cama, no pudo dormir. Mil tristes ideas le atormentaban y desvelaban.

Rendido de la fatiga, se entregó al sueño por un momento; pero tuvo visiones aterradoras.

Soñó que había asesinado a doña Blanca, y soñó que había asesinado a su hija. Ambas le perdonaban con dulzura, después de muertas; pero este perdón tan dulce le hacía más daño que las punzantes palabras que aquel día había escuchado de boca de su antigua querida. Ésta y Clara se ofrecían a su imaginación con la palidez de la muerte, con los ojos fijos y vidriosos, pero como triunfantes y serenas, subiendo lentamente por el aire, hacia la región del cielo, y entonando un antiguo himno religioso, que siempre había atacado los nervios y contrariado los sentimientos harto gentílicos del comendador por su fúnebre ternura, por su identificación del amor y de la muerte, y por su misantrópica exaltación del ser del espíritu por cima de todo deleite, contento, esperanza, consolación o bien posible en la tierra.

Las mujeres, que iban subiendo al cielo, cantaban; y don Fadrique oía, a través del ambiente tranquilo, los últimos versos del himno, que decían:

Mors piavit, mors sanavit
Insanatum animum

Con estos dos versos en la mente se despertó don Fadrique.

Apenas se hubo vestido, oyó que daban golpecitos a la puerta.

—¿Quién es? —preguntó.

—Soy yo, tío —dijo la dulce voz de Lucía—. Tengo que hablar con usted. ¿Puedo entrar?

—Entra —contestó el comendador con bastante zozobra de que Lucía trajese malas noticias.

La cara de Lucía estaba demudada. Los ojos algo encarnados, como si hubiesen vertido lágrimas.

—¿Qué hay? —dijo don Fadrique.

—Que doña Blanca está muy mala. Clara me escribe diciéndomelo, y me ruega que haga la caridad de ir a acompañarla.

—¿Y se sabe qué tiene doña Blanca?

—Yo, tío, no lo sé. El mal ha venido de súbito. La criada, que me trajo la carta de Clarita, dijo que su ama cayó enferma como herida por un rayo; que eso es verdad, la señora estaba delicada, pero que al fin lo pasaba regular, como casi todos, cuando de repente, cual si hubiera tenido alguna aparición de los malos y hubiera peleado con ellos, cayó en tal postración, que ha sido menester ponerla en la cama, donde está aún con calentura.

Don Fadrique sintió un frío repentino, que discurría por todo su cuerpo y que hasta los huesos le penetraba. Imaginó que se le erizaban los cabellos. Se inmutó; pero con habla interior dijo para sí:

—En efecto, ¿habré sido tan brutal que la haya asesinado?

Notando después que Lucía no tenía más que decir y aguardaba respuesta, el comendador hizo un esfuerzo para aparentar serenidad, y dijo a su sobrina:

—Ve, hija mía; ve a cumplir con ese deber de caridad y de amistad para con Clarita. Procura consolarla. ¡Ojalá que el padecimiento de doña Blanca no tenga peores consecuencias!

—Voy volando —replicó Lucía.

Y sin aguardar más, con la venia de su madre, que ya tenía, bajó la escalera y se fue a la casa inmediata.

XXVII

La sobrina del comendador tenía tan alegre carácter como su tío. Era, por naturaleza, tan optimista como él. Casi todo lo veía de color de rosa; pero, compasiva y, buena, tomaba pesar por los males y disgustos de los otros, si bien procurando más consolarlos o remediarlos que compartirlos.

Con esta disposición de ánimo entró Lucía a ver a Clara. Apenas se vieron, se abrazaron estrechamente.

Clara, al contrario de Lucía, era melancólica, vehemente y apasionada, como su madre. Sobre esta condición del carácter, que era ingénita en ella, la educación severísima de doña Blanca, su continuo hablar de nuestra perversidad nativa, su concepto del mundo y del vivir como valle de lágrimas y tiempo de prueba, y su terror de la eterna condenación y de lo fácil que es caer en el pecado, habían difundido por toda el alma de Clara una sombra de amarga tristeza y de medrosa desconfianza. Por dicha, Clara carecía de aquel orgullo, de aquel imperio de su madre, y el lado oscuro y tenebroso de su espíritu estaba suavemente iluminado por un rayo celeste de humildad, resignación y mansedumbre.

Clara era mil veces más amante que su madre, y se abandonaba a la dulzura de amar, si bien con recelo siempre de pecar amando.

Ambas amigas se hallaban en un cuarto contiguo a la alcoba de doña Blanca.

El cuitado de don Valentín no sabía qué hacer: andaba inquieto; bullía de un lado a otro, sin atreverse a entrar en la alcoba de su mujer para que no le despidiese a gritos, porque venía a turbar su reposo, y sin atreverse tampoco a no estar allí cerca para que su mujer no le acusase de indiferente, egoísta y desalmado, que no miraba con interés sus males, y ni siquiera preguntaba por su salud. En esta perplejidad, don Valentín entraba y salía; asomaba de vez en cuando la nariz a la alcoba, a ver si le veía doña Blanca y le decía que entrase, y, sin decidirse a entrar, mientras no alcanzaba la venia, preguntaba a Clara por su madre, ni en voz muy alta para que doña Blanca se incomodase, ni en voz muy baja para que fuera posible que doña Blanca le oyese y comprendiese que su marido cuidaba de ella y no era un hombre sin entrañas.

Este procedimiento prudentísimo no le valió, sin embargo. Ya una vez, como repitiese con harta frecuencia lo de asomar la nariz a la puerta de la alcoba, doña Blanca había dicho:

—¿Qué haces ahí? ¿Vienes a molestarme? Pareces un búho que me espanta con sus ojos. Déjame en paz, por Dios.

Poco después se descuidó algo don Valentín, alzó la voz demasiado al preguntar a Clara por su madre, y ésta exclamó desde la alcoba:

—¡Qué pesadilla de hombre! Se ha propuesto no dejarme descansar. ¡Si parece que está hueco! Valentín, habla bajo y no me mates.

Don Valentín salió entonces zapeado de la estancia en que se hallaban Clara y Lucía, y las dejó solas.

Aunque doña Blanca era buena cristiana, estos raptos de mal humor contra su marido se comprenden y explican como en cierto modo independientes de su voluntad. Doña Blanca no había encontrado en él ni un átomo de la poesía, ni una chispa de las sublimidades que había soñado hallar, en su inexperiencia, en el hombre a quien dio su mano, siendo aún muy niña. Luego, hacía diecisiete años, no veía ella en don Valentín sino un hombre cuya serenidad era el perpetuo sarcasmo de las borrascas de su corazón;

cuya unión con ella había hecho que lo que pudo ser un bien lícito, una felicidad santificada, fuese un pecado abominable, y cuya salud corporal parecía una burla de los achaques y padecimientos que a ella la atormentaban. Hasta la paciencia con que don Valentín la sufría era odiosa a doña Blanca, cual si implicase bajeza, gana de no incomodarse por no molestarse, desdén o menosprecio.

En balde procuraba doña Blanca formar mejor opinión de su marido, a fin de respetarle, como reflexivamente conocía que era su deber: Doña Blanca no lo lograba. Las mejores prendas de alma de don Valentín, con intervención quizás de algún demonio astuto, se trocaban, en el alma de doña Blanca, en defectos ridículos. En balde pedía a Dios doña Blanca que le concediese, ya que no amar, estimar a su marido. Dios no la oía.

Zapeado, pues, don Valentín, doña Blanca quedó sola en la alcoba, abismada, sin duda, en sus hondos y amargos pensamientos, y Clara y Lucía, casi al oído la una de la otra, hablaron así:

—¿Qué ha dicho el médico, Clara? ¿Qué tiene tu madre? —preguntó Lucía.

—El médico hasta ahora —respondió Clara—, no ha dicho más que lo que cualquiera de nosotros ve y comprende: que mi madre tiene calentura; pero la calentura es solo síntoma de un mal que el médico desconoce aún. Anoche la calentura fue muy fuerte y nos asustamos mucho. Hoy de mañana ha cedido.

—Vamos, Clarita, ya veo que exageraste en tu carta y me alarmaste sin motivo. Tu madre se curará pronto. Apuesto que la causa de toda su indisposición ha sido alguna rabieta que ha tenido con don Valentín.

—Pues te equivocas. Mi madre no ha tenido la menor rabieta con nadie en todo el día de ayer. Papá estuvo en el campo.

Entonces se concibe que no rabiase con él. ¿Y contigo no rabió?

—Hace días que mi madre está dulcísima conmigo. Te repito que ayer no se sofocó mamá con nadie; no riñó a ninguna criada, estuvo apacible y silenciosa.

Clara, si bien era una criatura de singular despejo, se forjaba la extraña ilusión de que una buena madre de familia tenía forzosamente que rabiar, y así no decía nada de lo dicho para censurar a su madre, sino candorosamente.

Lucía no insistió en buscar el origen del mal de doña Blanca: se inclinó a creer que este mal era pequeño, a fin de no tener que afligirse; y volviendo la conversación hacia otros puntos, preguntó a su amiga:

—Clara, ¿sigues firme en tu resolución de tomar el velo?

—Estoy más resuelta que nunca. Una voz misteriosa me grita en el fondo del alma que debo huir del mundo; que el mundo está sembrado de peligros para mí.

—Confieso que no te entiendo. ¿Qué peligros tendrá el mundo para ti, que para los demás no tenga?

—¡Ay, querida Lucía; el desorden de mi espíritu, los extraños impulsos de mi corazón, la violencia de mis afectos!

—Pero, muchacha, ¿qué violencia, ni qué desorden es ese? Yo no hallo desordenado ni violento el que ames a don Carlos, que es muy guapo y joven, y el que no gustes de don Casimiro, que es viejo y feo. Esto me parece naturalísimo.

—Será natural, porque la naturaleza es el pecado.

—¿Dónde está el pecado?

—En desobedecer a mi madre, en engañarla, en haber atraído a don Carlos con miradas amorosas y profanas, en complacerme en que guste de mí y en que me persiga, en desear que siga queriéndome hasta en este instante, cuando ya estoy decidida a no ser suya. En suma, Lucía, mi alma es un tejido de marañas y de enredos, que el mismo diablo trama y revuelve. Además, yo he prometido a mi madre que seré monja, y para que lo sea, ha despedido ella a don Casimiro. ¿Cómo faltar ahora a mi promesa, burlarme de mi madre y hasta de Cristo, a quien he dado palabra de esposa? ¿Qué infamia me propones?

—Es verdad, hija mía: el caso es apurado; pero ¿quién te mandó que dijeses que querías ser monja y que lo prometieses? ¿Por qué no declaraste con valor a tu madre que no querías a don Casimiro y que no querías ser monja tampoco?

—Bien sabe Dios —respondió Clara—, que deseo desahogarme contigo, depositar en tu amistoso corazón el secreto de mi infortunio, confiártelo todo; pero yo misma no me comprendo sino de un modo imperfecto, y lo que de mí misma comprendo está tan enmarañado, que no encuentro palabras para explicártelo. Siento la razón y causa de todas mis acciones, y no las percibo bien para exponerlas. Quiero, no obstante, sincerarme y tratar de probarte que no es absurda mi conducta. Voy a ver si lo consigo. Yo he amado, yo amo aún a don Carlos de Atienza. Yo detesto a don Casimiro. Esto es verdad; pero mi amor por don Carlos y mi odio a don Casimiro no han tenido jamás la suficiente energía para hacerme arrostrar la cólera de mi madre, declarándole que amaba al uno y odiaba al otro. Así, pues, te aseguro que durante meses he estado resignada a sofocar en mi alma el naciente amor a don Carlos y a casarme con don Casimiro para ser una hija obediente. Hubiera yo preferido a todo ser esposa de Cristo; pero me consideraba indigna. Para ser mujer de don Casimiro me sentía con fuerzas. Yo esperaba vencer mi fatal inclinación a don Carlos, y, logrado esto, ser modelo de casadas: cuidar al achacoso don Casimiro, y hasta quererle, imponiéndome como deber el cariño. Hallándome de esta suerte, nuevos y extraños sentimientos han combatido mi alma y han hecho que mi espíritu dude más de sí. Me he llenado de terror. En mi humildad, no me he creído digna ni de ser mujer de don Casimiro. Me he espantado de mi flaqueza, de la perversidad de mis inclinaciones, y entonces he pensado en refugiarme en el claustro. Juzgándome menos digna que antes de ser esposa de Cristo, he pensado en la infinita bondad de aquel Soberano Señor, padre de las misericordias, y he comprendido que, aun siendo yo indigna de todo, podía acudir a Él y refugiarme en su seno, segura de que no me rechazaría, de que me acogería amoroso, purificándome y santificándome con su gracia.

—Tú me hablas de nuevos y extraños sentimientos, pero sin decir cuáles son —dijo Lucía—. Aquí hay un misterio que no me dejas penetrar.

—¡Ay! —exclamó Clara—, apenas si yo le penetro. ¿Cómo declarártele? Mira, Lucía, yo conozco que amo siempre a don Carlos. Si me finjo en completa libertad de elegir mi vida, me parece que mi elección será ser mujer de don Carlos. Su talento, su bondad, su delicada ternura, me hacen presentir que sería yo dichosa viviendo a su lado. Te lo confesaré. A pesar del horror que mi madre ha sabido inspirarme a la complacencia de los sentidos, la imagen material de don Carlos, su porte, la gallardía de su cuerpo, la elegancia y pulcritud de su vestido, el fuego de sus ojos y la viva animación de su semblante y la frescura de su boca me atormentan y me hieren, y me distraen de mis piadosas meditaciones.

—Te lo repito, Clarita: en nada de eso veo yo la obra del diablo; en nada descubro influencias sobrenaturales: todo es naturalísimo. Y si, como tú afirmas, la naturaleza es el pecado, bien es menester, o que Dios nos dé medios sobrenaturales para vencerla, o que nos perdone con muchísima generosidad cuando ella nos venza. ¿Dónde están esos sentimientos singulares que te perturban?

—Lucía, tú hablas con suma ligereza. Tus razones tienen no sé qué fondo de impiedad. Me da miedo. Mi madre no se engañaba. El trato, la conversación con tu tío debe de ser muy peligrosa.

—No dispares, Clara. A mi tío no se le ha ocurrido jamás darme lecciones de impiedad. Si lo que yo sostengo es poco piadoso, la culpa es completamente mía. Seré yo la que está endiablada. Pero dejemos a un lado esas cuestiones: vamos a lo que importa. Dime qué raros sentimientos te asaltan el alma, inspirándote esa humildad, esa desconfianza profunda, que te induce a tomar el velo.

—No acierto a decírtelo. Me falta valor.

—Ea... ánimo... di lo que es.

—Mi madre no ha hecho más que hablarme de tu tío desde que apareció en esta ciudad... desde que yo le vi y paseé con él una tarde. Me le ha pintado como pudiera haberme pintado a Luzbel, rodeado aún de hermosos fulgores de su primitiva naturaleza angélica, valeroso, audaz, inteligente como pocos seres humanos. Me ha hecho creer que ejerce tal imperio sobre las almas, que las atrae y las cautiva, y las pierde si gusta. En su mirada hay una luz siniestra que ciega o extravía. En su palabra, una música seductora que embelesa los entendimientos y ensordece la voz del deber en la conciencia. Según mi madre, tu tío es la maldad personificada, el dechado de la irreligión, un rebelde contra Dios, de quien conviene apartarse para no contaminarse. En resolución, cuanto mi madre ha dicho de tu tío debiera infundirme hacia él un odio, una aversión grandísima. Sé por mi madre que el comendador es un réprobo. No hay esperanza de que se salve. Está condenado. Es como Luzbel. Y, sin embargo, lejos de producir en mí los discursos de mi madre el horror hacia el comendador que ella deseaba, tal es mi perversidad, tan pecaminoso es mi espíritu de contradicción, que han avivado mis simpatías hacia tu tío. Yo no debiera decírtelo, yo no sé cómo tengo la desvergüenza de decírtelo. Apenas si a mi confesor le he dejado entrever algo de lo que siento en el negro abismo de mi corazón. Pero, si no te lo digo... ¿con quién me desahogo?... Lucía, tú eres mi mejor amiga... Yo quiero al comendador de un modo inexplicable. Me siento arrastrada hacia él. Creo en todas sus maldades porque mi madre me las ha dicho; y creo que Dios, a quien el comendador es simpático, se las va a perdonar, como yo se las perdono. ¿No es una monstruosidad, no es una aberración este cariño hacia una persona casi desconocida? Yo me condenaba antes por mi inclinación a don Carlos, a despecho, a escondidas de mi madre. Ahora me sucede casi lo mismo que a ti: mi inclinación a don Carlos me parece natural. Lo diabólico, lo abominable es mi inclinación a tu tío. Es un sentimiento tan distinto, que no destruye ni aminora mi afecto a don Carlos. Esto prueba mi desordenada índole, mi pecadora y, perturbada manera de ser. No sé con qué pretexto, bajo qué título, con qué nombre cariñoso he de acercarme a él, hablarle, llegar a su intimidad, y lo deseo. Cuantas cualidades detestables mi madre le atribuye, se me antoja que no lo son en él, porque es un ser de superior natural jerarquía y está exento de la ley común para los demás mortales.

Con la mirada fija, con el semblante no risueño, como le tenía de costumbre, sino triste y grave, y sin acertar a contestar palabra, oyó Lucía la inesperada confesión de Clara.

Después de unos instantes de silencio Clara prosiguió:

—Nada me respondes; nada observas; te callas; reconoces que soy un monstruo. Será amor de otro género, será un sentimiento indefinido, que carece de nombre en la clase e historia de las pasiones; pero yo quiero a tu tío y le quiero por esa misma pintura con que mi madre ha procurado que yo le aborrezca.

A este punto llegaba Clara, cuando vino a interrumpirla la voz de doña Blanca, que decía:

—¡Hija, hija!

Lucía y Clara se estremecieron. Aunque era imposible que doña Blanca las hubiese oído, imaginaron por un instante que milagrosamente las había oído y que iba a terciar en la conversación por estilo terrible.

—¿Qué manda usted, mamá? —dijo Clara temblando.

—Agua. Dame un poco de agua. ¡Me ahogo!

Las dos amigas acudieron a la alcoba a dar agua a la enferma. Entonces notaron con pena y sobresalto que la fiebre había crecido. Las palpitaciones del corazón de doña Blanca eran tan violentas, que se hacían perceptibles al oído.

—¿Qué siente usted, señora? —preguntó Lucía...

—Una ansiedad... una fatiga... —respondió doña Blanca—, el corazón me late con tanta fuerza.

Lucía posó suavemente la mano sobre el pecho de doña Blanca. Entonces notó con pena que los latidos de su corazón habían perdido el ritmo natural: eran desordenados y anormales; pero no dijo nada por no asustar a la paciente y a su hija.

El cuidado que requería doña Blanca no consintió que prosiguiese el diálogo entre Clara y Lucía.

XXVIII

Tantos años de pesares y de tormentos habían ido destruyendo la salud de doña Blanca. Su tristeza sin tregua; su oculta vergüenza, con la que de continuo tenía que verse cara a cara, sin poder hallar alivio comunicándola y confiándose a una persona amiga; sus luchas de compasión y de desprecio por su marido y de amor y de odio por el comendador; su horror del pecado que creía sentir sobre ella y que le pesaba como lepra asquerosa e incurable; su orgullo ofendido; su temor del infierno, al que a veces se creía predestinada, y su preocupación incesante de la suerte de Clara, a quien amaba con fervor y a quien en ocasiones aborrecía, como vivo testimonio de su más grave falta y de su más imperdonable humillación, habían influido lastimosamente sobre todos los órganos de aquella vida corporal.

Doña Blanca hacía mucho tiempo estaba sujeta a frecuentes paroxismos histéricos. Había momentos en que te parecía que se ahogaba: un obstáculo se le atravesaba en la garganta y le quitaba la respiración. Entonces le daban convulsiones que terminaban en sollozos y lágrimas. Después solía calmarse y quedar por algunos días tranquila, aunque pálida y débil.

El carácter violentísimo de aquella mujer, exacerbado por la continua contemplación de una desgracia, que hacía mayor su melancólica fantasía, la impulsaba a tratar a su marido, a su hija y a muchos de los que la rodeaban, con un despego, con una dureza cruel, de la que en el fondo del corazón, que era bueno, se arrepentía ella al cabo, no siendo fecundo este arrepentimiento sino en nuevos motivos de disgustos y de amarguras.

La energía de las pasiones había así, poco a poco, fatigado materialmente el corazón de doña Blanca, excitándole a moverse con impulso superior a sus fuerzas. No padecía solo de las palpitaciones nerviosas de que daba muestras en aquel instante. Tal vez (los médicos al menos lo habían afirmado) doña Blanca tenía una enfermedad crónica en aquel órgano tan importante.

A pesar de su cansancio, tal vez el excesivo ejercicio había agrandado y robustecido de una manera peligrosa aquel activo corazón.

Como quiera que fuese, doña Blanca hacía tiempo que estaba harta de vivir.

La única idea, el único propósito, el solo fin que en su vivir estimaba era el de cumplir un deber terrible: el evitar que su hija heredase a don Valentín.

Citando su hija le prometió con solemne promesa entrar en el claustro, y cuando después supo, de boca del padre Jacinto, y más tarde de los labios del mismo don Fadrique, el rescate de Clara, si bien le rechazó y le juzgó inútil ya, se tranquilizó, creyendo su propósito cumplido en cualquier evento, y considerándose desligada del mundo; sin nada que hacer en él sino atormentarse, y sin razón alguna para desear, estimar y conservar la vida.

El reposo relativo del espíritu de doña Blanca cuando pensó haber hallado la solución de su difícil problema, la hizo caer en una postración, en una atonía peligrosa. Por otro lado, no obstante, su imaginación, fecunda en atormentarla, le ofrecía mil motivos de aflicción y de ira. La generosidad del comendador humillaba su orgullo, y por más que trataba de empequeñecerla o de afear y envilecer sus causas fingiéndoselas vulgares, absurdas o caprichosas, dicha generosidad resplandecía siempre y la ofendía.

La voluntad de doña Blanca era de hierro: pocas personas más pertinaces y firmes que ella; pero su espíritu vacilaba y no se aquietaba jamás. La fuerza de cualquier encontrado pensamiento bastaba a descontentarla de lo que había hecho, y no bastaba a hacerle cambiar y a moverla a hacer otra cosa. No producía sino nueva mortificación estéril.

Así es que doña Blanca percibía vivamente la presión que había ejercido sobre el alma de su hija, que, sin querer, acaso la había hecho infeliz, y, que su hija iba a encerrarse en un convento, no devota, sino desesperada. Las rudas acusaciones del comendador durante la fatal entrevista, acusaciones contra las cuales se había ella defendido con valor y tino, terminada aquella lucha de palabras, acudían a su mente con mayor fuerza, sin que las dijera el comendador, sin que se pudieran rechazar merced al calor de la disputa, y labrando en su ánimo como una honda llaga.

El ardiente amor que el comendador le había infundido, siendo causa de que ella se humillase, se había convertido en espantoso aborrecimiento y sin perder este carácter, sin volver a su ser primero, porque ya no era posible, porque su alma tenía mucha hiel para poder amar, habíase recrudecido en su seno durante la entrevista con el hombre que le inspiraba.

Todos estos dolores, tribulaciones y combates espirituales no es de maravillar que produjesen en doña Blanca una enfermedad aguda, sobrexcitando sus males crónicos.

Poco después de la conversación entre Clara y Lucía, de que acabamos de dar cuenta, visitaron a la enferma los dos médicos mejores de la ciudad. Ambos convinieron en que su dolencia era de cuidado. Ambos reconocieron cierta alarmante alteración en la circulación de la sangre, que por la fiebre sola no se explicaba. El corazón tenía una actividad enfermiza y un excesivo desarrollo. El pulso era vibrante y duro. El lado izquierdo del pecho de la enferma se estremecía con las palpitaciones. Un vivo carmín teñía las mejillas de doña Blanca, de ordinario pálidas.

Los médicos auguraron mal de éstos y otros síntomas: la principal dolencia estaba complicada con otras muchas. No hallando, pues, remedio eficaz por lo pronto, recetaron algunos paliativos, y entre ellos la digital en pequeñas dosis.

Aunque disimularon bastante la gravedad y el carácter poco lisonjero de sus observaciones y pronósticos, dejaron a las dos amigas en extremo afectadas.

Todo aquel día permaneció Lucía al lado de Clara, auxiliándola en sus faenas y cuidados; pero ya no era ocasión propicia para volver a las confidencias.

Si bien Clara no volvió a hablar del estado de su alma, sin duda pensaba en él, según lo preocupada que estaba. Lo que antes de confiarse a Lucía había ella percibido en imágenes vagas y como borrosas, había adquirido, en su propia mente, mayor ser, consistencia y determinada figura al formularse en palabras. Así es que, en medio del afán y del dolor que por su madre sentía, Clara se atormentaba con la idea de aquella inclinación hacia un sujeto, a favor del cual, por extraordinario hechizo, se trocaban en causas y motivos de simpatía y afecto todas las razones que para aborrecerle le daban.

Lucía, por su parte, también estaba meditabunda y triste en extremo. Su taciturna tristeza, dado su carácter regocijado, parecía superior a la pena que pudiera sentir por el mal de doña Blanca, y aun al mismo disgusto que los devaneos mentales y los dolores fantásticos de su amiga debieran causarle.

Don Valentín, combatido por los opuestos sentimientos de la compasión y del terror que su mujer le inspiraba, seguía viniendo con frecuencia a informarse del estado de la paciente; pero, en vez de entrar en el cuarto y asomar la nariz a la alcoba, se quedaba fuera y asomaba solo al cuarto la nariz, preguntando a su hija:

—¿Cómo está tu mamá?

Clara respondía:

—Lo mismo —y don Valentín se iba.

Fuera de la criada de más confianza, que ya venía a traer un recado, ya a dar algún auxilio indispensable, nadie más que el padre Jacinto entraba en la habitación donde se hallaban Clara y Lucía.

Al anochecer subió de punto, llegó a su colmo la agitación febril de doña Blanca. El padre Jacinto estaba acompañando a las dos amigas y asistiendo con ellas a la enferma.

Ésta, que había estado por la tarde soñolienta postrada, empezó a dar señales de vivísima exaltación: se quejó de que le dolía la cabeza; mostró en el semblante cierta movilidad convulsa; pronunció frases sin orden ni concierto. Lo que más repetía era:

—Vete, Valentín. Déjame, no me atormentes —sin duda la enferma tenía la alucinación de ver a don Valentín, que allí no estaba.

Así permaneció doña Blanca hasta cerca de las diez. Entonces se agravó el mal: el delirio se declaró; estalló con ímpetu.

El cerebro sintió por completo la reacción del mal que la infeliz tenía en las entrañas. Los pensamientos todos, que durante años la atormentaban, y que hacía más de treinta horas habían cobrado mayor brío, se barajaron en tumulto; se rebelaron contra la voluntad, se hicieron independientes de ella, rompieron todo freno; y, buscando y hallando maquinal e instintivamente palabras adecuadas en que formularse, salieron del pecho en descompuestas voces.

Doña Blanca se incorporó en la cama; miró con ojos extraviados a Lucía y a Clara y al fraile, y habló de esta manera:

—¡Vete, Valentín! ¿Por qué quieres matarme con tu presencia? Mátame con un puñal... con una pistola. Échame una soga al cuello y ahórcame. No seas cobarde. Toma la debida venganza.

—Sosiégate, doña Blanca —interrumpió el fraile, a quien ella se dirigía como si fuera don Valentín—. Sosiégate; tu marido está fuera... Idos, muchachas —añadió, dirigiéndose a las dos amigas—. Dejadme solo con la enferma, a ver si logro que se sosiegue.

Clara y Lucía, como si estuviesen allí clavadas, no se movieron. Doña Blanca prosiguió:

—Ten valor y mátame. Tu honra lo exige. Es necesario que mates también al comendador. Está condenado. Se irá al infierno y me llevará consigo.

—¡Madre, madre, usted delira! —exclamó Clara.

—No, no deliro —respondió doña Blanca—. Y tú, necio —añadió dirigiéndose al fraile—, ¿eres ciego? ¿no la ves? —y señalaba con el dedo a su hija—. ¡Cómo se le parece! ¡Dios mío! ¡Cómo se le parece! Es un retrato suyo. ¡Apártate de mi vista, vivo testimonio de mi vergüenza!

Clara, llena de horror y de ansiosa curiosidad a la vez, oía a su madre y pugnaba por comprender todo el arcano tremendo. Al sonar las últimas palabras, que iban dirigidas a ella, se cubrió Clara el rostro con ambas manos.

—Bien puedes estar satisfecha —continuó doña Blanca—. Te tenía olvidada; pero al cabo se acordó de ti e hizo un gran sacrificio. Ya pagó de antemano lo que has de heredar de mi marido. Te rescató de Dios para entregarte al mundo. Quédate en el mundo. Tú no puedes ser monja. La mala sangre del comendador hierve en tus venas. ¿Cómo dudar que eres la hija maldita de aquel impío?

Clara, al oír estas últimas palabras, dio un grito inarticulado y cayó desmayada entre los brazos de Lucía.

Lucía sacó a Clara fuera de la alcoba, sosteniéndola por debajo de los brazos y tirando de ella.

Doña Blanca, entre tanto, no pudiendo resistir más a la honda emoción, extenuada, rendida, cayó de nuevo en la cama, con temblor convulso y rigidez de los tendones, lo cual fue cediendo con lentitud y dando lugar a un desfallecimiento profundo.

El padre Jacinto acudió entonces a donde estaba Clara, que Lucía había recostado en un sofá.

Clara volvió en sí del desmayo, exhaló un suspiro y rompió a llorar con desatado y copioso llanto.

—¡Clara, amiga querida! —dijo Lucía.

—Cálmate, niña, cálmate —exclamó el padre Jacinto.

—¡Dios santo y misericordioso! —dijo Clara—. Tu mano omnipotente me hiere y me sana al propio tiempo. ¡Pobre madre mía de mi alma! ¡Cuán infeliz has sido! Y él... ¡ay! él... no puede ser impío y perverso como tú supones... ¡Ahora comprendo por qué y cómo yo le amaba!

XXIX

La enfermedad siguió su curso ascendente. Tres días después de la escena que hemos descrito, doña Blanca estaba tan mal, que no había esperanza de salvarla.

Su hija y Lucía la habían cuidado, la habían velado con el mayor cariño y esmero.

Los accesos de delirio se habían renovado con largas intermitencias de postración.

La cabeza de doña Blanca se despejó al cabo por completo; pero su estado era digno de lástima: la respiración, corta y anhelante; la voz, alterada y ronca; imposibilidad de estar acostada; necesidad de estar incorporada.

Los médicos declararon al padre Jacinto que había sobrevenido un grave impedimento a la circulación de la sangre en el mismo corazón, y que, si crecía el impedimento, se seguiría la muerte.

El padre dejó percibir a Clara aquel terrible pronóstico, con la mayor delicadeza que pudo, y confesó y administró a la paciente.

En aquel momento supremo, a las puertas de la eternidad, doña Blanca depuso la dureza de su genio, su orgullo y su amargura, y no guardó en el alma sino la fe vivísima, que hizo renacer en ella las esperanzas ultramundanas y abrió el manantial de las más puras consolaciones.

Doña Blanca llamó a don Valentín, le abrazó y le suplicó que la perdonase. Don Valentín, muy afligido y lloroso, y no menos humilde, contestó que nada tenía que perdonar; que él era el culpado, pues no había sabido hacer dichosa a una mujer tan santa y tan buena.

El rostro macilento de doña Blanca se tiñó entonces de ligero rubor. Sus labios exhalaron un triste suspiro.

A Clara la llamó a sí doña Blanca, le dio un beso en la frente, y le dijo al oído con acento apenas perceptible:

—Di a tu padre que le perdono. Tú, hija mía, sigue los impulsos de tu corazón. Eres libre. Sé honrada. No te cases si no le amas mucho. Mira no te engañes. Lo sé todo... Me lo ha dicho el padre Jacinto. Si le amas y merece tu amor, cásate con él.

Pocos instantes después exhaló doña Blanca el último suspiro, diciendo con ahogada y sumisa voz:

—¡Jesús me valga!

El dolor de Clara fue profundo. Silenciosamente lloró la muerte de su madre.

Lucía lloró también y trató de mitigar con su afecto el dolor de su amiga.

El padre Jacinto, acostumbrado al espectáculo de la muerte y familiarizado con ella, cerró piadosamente los ojos y la boca de la difunta, que se habían quedado abiertos; puso sus manos en cruz, y la extendió en el lecho.

El débil don Valentín, cuando vio muerta a su mujer, sintió por un lado una pena muy viva, porque todavía la amaba; pero, por otro lado, según aseguran malas lenguas, que siempre están de sobra, advirtió cierto alivio, cierto desahogo, cierto infame deleite en su alma, como si le quitaran un enorme peso de encima, como si le libertaran de la esclavitud. Tan opuestas pasiones, batallando dentro de su nerviosa y débil constitución, le hicieron romper en risa sardónica. Después se asustó de sí mismo; se creyó peor de lo que era, tuvo miedo del diablo; tuvo vergüenza de que Dios, que todo lo ve, viese la sucia fealdad de su conciencia, y se compungió y amilanó. Acudieron entonces a su memoria los amores pasados, los dulces días de la ilusión, el tiempo en que su mujer le quería; y todo ello enterneció por tal arte aquel pecho nada varonil, que el desgraciado se deshizo en lágrimas, dando sollozos, gemidos y hasta gritos, moviendo a gran compasión el verle y el oírle.

El padre Jacinto llevó a don Fadrique la noticia de la catástrofe.

Don Fadrique, retirado en su cuarto, aguardaba siempre con ansiedad noticias de la enferma. Esta vez, al mirar al padre Jacinto, el comendador leyó en su rostro lo que había ocurrido.

—Ha muerto —dijo el comendador.

—Ha muerto —respondió el fraile.

El comendador no replicó palabra. Inmóvil, de pie, callado, sintió un dolor mezclado de remordimiento. Dos gruesas y amargas lágrimas rodaron por sus mejillas.

—Te ha perdonado —dijo el padre Jacinto.

—¡Ah, padre!... yo no me perdono... Me sería menos insufrible en la memoria el recuerdo de una afrenta no vengada... de una vileza en que yo hubiese incurrido... de una mancha en mi honor... En cualquiera otro caso me sería más fácil conciliarme conmigo mismo. Aunque Dios me perdone... yo no me perdono.

XXX

A los seis meses de la muerte de doña Blanca, en pleno invierno, se reunían todas las noches en torno del hogar, en el piso alto de la casa del mayorazgo don José López de Mendoza, a más de su mujer y de su hija Lucía, el comendador don Fadrique, el viudo don Valentín, Clara y a veces el padre Jacinto.

El joven don Carlos de Atienza había estado dos o tres veces en Sevilla a ver a sus padres; pero enseguida se había vuelto. Tenía abandonada la Universidad; no pensaba en los estudios ni en la carrera. Habíase consagrado enteramente a idolatrar, a consolar, a adorar, a Clarita, a quien ya veía sin dificultad, de diario.

Don Fadrique y el padre Jacinto iban y venían a Villabermeja; pero estaban más tiempo en la ciudad.

La donación de los bienes de don Fadrique se había hecho en toda regla y con el posible sigilo.

Don Fadrique vivía modestamente de su paga de oficial retirado. Habitaba, no obstante, en Villabermeja la casa del mayorazgo, alhajada con los preciosos muebles que trajo cuando vino.

El carácter de don Fadrique no había cambiado, pero se había modificado. Su optimismo natural sufría interrupciones frecuentes. Negra nube de tristeza ofuscaba a menudo el resplandor de su abierta y franca fisonomía.

Aunque el dolor por la muerte de doña Blanca se había ido mitigando en todos aquellos corazones, Clara la recordaba con ternura melancólica, y el comendador con cariño y con penoso arrepentimiento a la vez.

Solo don Valentín, que comía como un buitre, y que había engordado, y no hallaba quién le riñese ni quien le dominase, se creía en la obligación de llorar cuando menos ganas tenía. Entonces la consideración de aquello a que se juzgaba obligado, y el ver que no le salían de adentro la aflicción y el lloro, le compungían de nuevo y producían en él el prurito y el flujo. Don Valentín era un mar de lágrimas dos o tres veces por semana.

Clara, viendo ya a todas horas a don Carlos y a don Fadrique, había penetrado la diferencia de los afectos que a ambos la ligaban, y cada día los hallaba más compatibles. El comendador le inspiraba cada día más veneración, ternura y gratitud por su sacrificio generoso. Don Carlos le parecía cada día más agraciado, bello, enamorado, ingenioso y poeta.

Pasaron así algunos meses más. Vino la primavera. Llegó el verano. Solemnizose el primer aniversario de la muerte de doña Blanca con llanto y con misas y otras devociones.

El escrúpulo de faltar a la promesa de ser monja se borró al fin de la mente de Clarita. Su madre, al morir, la había absuelto de la promesa. El amor inspirado y sentido la excitaba a no cumplirla. El bueno del padre Jacinto, confesor de Clarita, le aseguraba que la promesa era nula.

Clarita al cabo la anuló, haciendo otra promesa dulcísima para don Carlos. Le prometió darle su mano, confesándole al fin que le amaba.

Una alambicada cavilación había detenido a Clara en dar el sí a don Carlos. Clara juzgaba probable que don Casimiro muriese sin sucesión y que alguna parte de los bienes del rescate viniese a ella; pero hasta esta duda, que si bien delgada y sutil, la mortificaba, se disipó del todo.

Nicolasa, o mejor dicho, la señora doña Nicolasa Lobo de Solís, esposa legítima de don Casimiro, dio a luz un robusto infante.

Cuando el comendador, al volver un día de Villabermeja, trajo esta noticia, fue Lucía la primera persona a quien se lo comunicó.

—Calle usted, tío —exclamó la muchacha—; de seguro que el niño de don Casimiro será un escomendrijo; parecerá un gazapillo desollado.

—No, sobrina —contestó el comendador—, el recién nacido Solís es fuerte como un becerro.

Así era la verdad, según hemos sabido después. El primogénito de los Solises parecía, no un becerro, sino un toro.

Don Casimiro era el varón más bienaventurado de la tierra. Estaba lleno de satisfacción y de orgullo de verse tan amado de su mujer, y de tener por hijo a un Hércules tebano, sin pensar en el Saturnio y sin mirarse como Anfitrión, pues ignoraba la mitología.

El tío Gorico, desde el casamiento de Nicolasa, había empezado a pugnar porque le llamasen don Gregorio; habíase jubilado del oficio de Abraham y del de pellejero, y no se empleaba más que en beber aguardiente y rosoli, y en ponderar la ventura y la grandeza de su hija, sus virtudes y la vida beata que daba a su ilustre esposo.

Después del bautismo de la criatura, iba el tío Gorico de casa en casa, refiriendo el júbilo de su yerno, quien ya se volvía hacia la cama donde estaba Nicolasa, ya hacia la cuna donde estaba el niño, y ya se paraba a igual distancia de la cama y de la cuna, y exclamaba, levantando las manos al cielo:

—¡Dios mío! ¡Dios mío! ¿Qué he hecho yo para ser tan dichoso?

En efecto, la dicha pudo más que don Casimiro, y pronto le hundió en la sepultura.

Aunque sea adelantar los sucesos, se dirá aquí que la viuda llevó una vida retirada, sin recibir ni tratar, durante un año, sino al platónico Tomasuelo, y

168

que tuvo dos gemelos póstumos, los cuales, si el primogénito merecía. llamarse Hércules, no merecían menos pasar por Cástor y Pólux.

La rectitud de la conciencia de doña Blanca y sus severos fallos, hallando un leal y decidido ejecutor en don Fadrique, daban así sus resultados naturales, proporcionando pingüe herencia a aquellos mitológicos angelitos, vástagos lozanos de la familia de Solís.

Como quiera que fuese, toda persona delicada y noblemente orgullosa no repara en las bajezas y bellaquerías del vulgo de los mortales y en la utilidad que proporcionan: no acepta jamás, sino en sentido irónico y de burla, la picaresca sentencia de la fábula:

> Tómelo por su vida: considere
> Que otro lo comerá, si no lo quiere.

Así es que don Fadrique se reía de las consecuencias de su desprendimiento, y no por eso dejaba de aplaudirse de haberle tenido. Lo que a él le importaba era que su pura y hermosa hija no disfrutase de nada que no fuese suyo o por lo que en compensación no hubiera él dado lo equivalente con usura.

La boda de Clara y don Carlos de Atienza se celebró al cabo en un bello día del mes de octubre de 1795, año y medio después de morir doña Blanca.

Los padres de don Carlos vinieron de Sevilla para asistir a la boda.

Los desposados se quedaron a vivir en la ciudad donde ha sido la escena de nuestra historia.

Durante el año y medio, que tan rápidamente hemos recorrido, el comendador había vivido, ya en Villabermeja, ya en la ciudad en casa de su hermano; pero más en la ciudad que en Villabermeja.

El afecto hacia Clara le atraía a la ciudad; pero, como Clara andaba muy distraída en sus amores y era muy dichosa, no consolaba tanto las melancolías del comendador como su rubia sobrina.

Ésta era la que llamaba al comendador cuando se tardaba en volver de Villabermeja; la que más le escribía diciéndole que viniese, y la que le enviaba recados con el mulero y con el aperador para que dejase la soledad bermejina.

Como Lucía estaba ya enterada de todos los secretos de su amiga Clara, y como tampoco ocurrían cosas importantes, no había motivo ni pretexto para acudir a cada momento al tío, preguntándole, como en otro tiempo, qué había de nuevo. En cambio Lucía, libre ya de los cuidados en que la suerte de su amiga la había tenido, sintió despertarse en su alma la más viva curiosidad científica. La astronomía y la botánica, que antes la enojaban cuando había secretos de Clara que ansiaba penetrar, la entusiasmaban ahora extraordinariamente, y nunca se cansaba de oír las lecciones que su tío le daba, excitado por ella. No había lección que no le pareciese corta. No había misterio de las flores que no quisiese descubrir. No había estrella que no quisiese conocer.

La discípula ponía en grandes apuros al maestro, porque si se trataba del movimiento de los astros, de su magnitud, de la distancia a que se hallaban de la tierra y de otras afirmaciones por el estilo, ella quería saber la razón y el fundamento de las afirmaciones, y don Fadrique hallaba disparatado y hasta absurdo enseñar las matemáticas a una sobrina tan guapa, tan alegre y graciosa; y, por el contrario, si se trataba de flores, Lucía quería que le explicase su tío lo que era la vida y lo que era el organismo, y aquí el comendador hallaba que no había ciencia que respondiese a las matemáticas y que explicase algo. Sin querer se encumbraba entonces a una filosofía primera y fundamental, y Lucía le escuchaba embebecida, y, como vulgarmente se dice, metía también su cucharada, porque de filosofía habla, en queriendo, y no habla mal, toda persona de imaginación y viveza.

En suma, Lucía se iba haciendo una sabia. Mientras más aprendía, más iba creciendo su afición y su empeño de saber. Las lecciones y conferencias duraban horas y horas.

El comendador se acostumbró de tal suerte a aquel dulce magisterio, que el día en que no daba lección le parecía que no había vivido.

Sus días de Villabermeja fueron disminuyendo, y alargándose cada vez más los que pasaba con la discípula.

Siempre que volvía de Villabermeja, el comendador traía a su discípula libros de su biblioteca, flores y plantas de su huerto, y pájaros que cazaba vivos. Lucía gustaba mucho de los pájaros, y, merced al comendador, no había ya casta de aves en toda la provincia, ora de paso, ora permanentes, de que Lucía no tuviese un par de muestra en su pajarera.

Notado todo esto por Clara y don Carlos, daba ocasión a bromas inocentes, pero que turbaban algo al comendador y que ponían a Lucía colorada como la grana.

Los novios hablaban a Lucía con cierto retintín de su excesivo amor a la ciencia.

En fin, aunque el comendador y Lucía no se hubieran dado, ni hubieran querido darse cuenta de lo que les pasaba, Clara y don Carlos les hubieran hecho reflexionar, pensar en ellos mismos y despejar la incógnita.

El comendador y Lucía, a pesar de la diferencia de edad, estaban perdidamente enamorados el uno del otro.

Lucía admiraba en su tío la discreción, la nobleza de carácter, el saber y la elegancia natural del porte y de los modales. Le encontraba hermoso, de varonil hermosura, y no le parecía posible que hubiese otro tal hombre como él en todo el mundo.

A don Fadrique le parecía Lucía tan bonita, tan buena y tan inteligente como Clara, que era todo cuanto él podía encarecer la alabanza, allá en su pensamiento. La alegría de Lucía concordaba, además, muchísimo mejor con el carácter del comendador que la seriedad un poco triste que Clara había heredado de su madre.

El comendador, que al fin no era una criatura inexperta, conoció pronto que amaba a Lucía y que de ella era amado; pero, pensando en su edad y en el idilio de don Carlos, no se atrevía a declarar su amor, si bien le manifestaba con su constante solicitud en servir a Lucía.

Ella no atinaba, entre tanto, a comprender la timidez del comendador, a quien juzgaba enamorado.

De aquí que se dijesen toda clase de requiebros y finezas, que literalmente podrían tomarse por efecto de amistad tiernísima, pero que ocultaban el fervoroso espíritu de verdadero amor.

Don Fadrique, a más de sus años, creía tener otro inconveniente, que en su delicadeza no le permitía aspirar a ser amado de Lucía. Este otro inconveniente era su pobreza; pero Lucía, precisamente por esa pobreza y por el motivo que la había causado, amaba y admiraba más al comendador. El descuidado desdén, la alegre calma y el nada trabajoso ni lamentado abandono con que don Fadrique se había desprendido de más de cuatro millones, valían más de mil en la poética y generosamente de Lucía.

Ésta llegó a veces a preguntar a su tío (sabido es que tenía el defecto de ser muy preguntona) que por qué no se casaba.

Cuando el tío le contestaba que porque era viejo, Lucía le aseguraba que era mozo o que estaba mejor que los mejores mozos. Cuando el tío contestaba que porque era pobre, Lucía afirmaba que la paga de oficial retirado era más que suficiente; que, además, la chacha Ramoncica estaba poderosísima con lo que había ahorrado, e iba a dejarle por heredero, y que, por último, podía casarse con una rica.

Todo esto lo decía Lucía con mil rodeos y disimulos; pero el comendador, si bien lo comprendía, juzgaba aún que ella podía engañarse y tomar por amor otros sentimientos de respeto y afección casi filial; por donde no hallaba justo ni honrado prevalerse tal vez de una alucinación de aquella linda muchacha para lograr lo que consideraba una felicidad para él.

En esta situación se hallaban Lucía y el comendador la noche en que se celebró la boda de Clara y de don Carlos en casa de don Valentín.

El comendador estuvo alegre, aunque hondamente conmovido, en aquella solemne ocasión, en que una persona tan querida de su alma se unía con lazo indisoluble al hombre que debía hacerla dichosa.

Don José y doña Antonia se volvieron temprano a su casa.

Lucía permaneció al lado de Clara hasta más tarde. También se quedó con ella el comendador.

Juntos y solos volvieron ambos a la casa. La noche estaba hermosísima, la calle silenciosa y solitaria, el ambiente tibio y perfumado, el cielo lleno de estrellas y sin Luna.

Lucía iba callada, contenta, pensando en la ventura de su amiga.

No estaba don Fadrique menos soñador e imaginativo.

El tránsito de una casa a otra era cortísimo; pero, sin reflexionar, le alargaron ellos, parándose en medio de la calle y contemplando la bóveda inmensa del firmamento, como si quisiesen interrogar a las eternas luces, que allí fulguraban, sobre la suerte de los recién casados y quizá sobre la propia suerte.

Lucía, dando un suspiro dijo al fin:

—¡No lo dude usted... serán muy felices!

—Alégrate solo y no estés envidiosa —respondió el comendador—; tú hallarás también un hombre que te merezca, que te ame y a quien ames tú con toda la energía de tu corazón.

—No, tío, no me amará —replicó Lucía—. Yo soy muy desgraciada.

Y Lucía suspiró de nuevo. El comendador, a la dulce y escasa luz de los astros, vio entonces que corrían dos hermosas lágrimas por las mejillas de Lucía. La luz de los astros se quebraba en aquellos líquidos diamantes y daba reflejos de iris.

El comendador no fue dueño de sí mismo. Acercó su rostro al de Lucía y puso los labios en una de aquellas lágrimas. Luego exclamó:

—¡Te amo!

Lucía no contestó palabra. Echó a andar hacia su casa; llamó, abrieron, y entró seguida del comendador.

Al llegar a la escalera, se volvió y le dijo:

—Buenas noches, tío. Adiós, hasta mañana. Mamá me estará aguardando.

El comendador puso la cara más afligida del mundo, viendo que tan secamente respondía la muchacha, o mejor dicho, no respondía a su repentina y vehemente declaración.

Ella se apiadó entonces, sin duda, y añadió sonriendo:

—Hable usted mañana con mamá...

—¿Y qué?... —interrumpió don Fadrique.

—Y pida usted la licencia a Roma.

Dicho esto, muy avergonzada, pero muy satisfecha, Lucía subió a brincos la escalera, y dejó al comendador no menos contento que ella iba.

Cuando supo Clara que Lucía y el comendador habían decidido casarse, se alegró en extremo.

Don Carlos de Atienza compartió la alegría de su mujer, y recordando que debía una especie de satisfacción al comendador, el cual se había creído aludido cuando le oyó leer el idilio contra el viejo rabadán, compuso otro idilio en defensa de un rabadán no tan viejo y en alabanza del amor de los rabadanes.

Este segundo idilio, que viene a ser como la palinodia del primero, se conserva aún en los archivos de Villabermeja, de donde mi amigo don Juan Fresco me ha remitido copia exacta y fidedigna, que traslado aquí para terminar. El idilio es como sigue:

IDILIO

En la vid, con sus pámpanos lozana,
Relucen cual topacio los racimos.
Quita lluvia temprana
Al alma tierra la aridez estiva,
Y los frutos opimos
Medran con nuevos jugos en la oliva
Y en el almendro que entre riscos brota.
Recobra el claro río
El caudal que perdiera en el estío;
Y el áspera bellota
Se madura y endulza entre el pomposo
Follaje, donde el viento,
Para las gentes de la edad primera,
Con fatídico acento
La voluntad de Júpiter dijera.
No como en primavera
El campo está de flores matizado;
Que el labrador cansado
En las flores cifraba su esperanza,
Y ora en cosecha sazonada alcanza
El premio de su afán y su cuidado.
Embalsama el membrillo con su aroma
Los céfiros ligeros;
Y en el limón y en la madura poma,
Y en los sabrosos peros
El oro luce y el carmín asoma,
Que brillaron en rosas y alelíes;
Mientras, por celos de su flor, empieza
A romper la granada su corteza,
Descubriendo un tesoro de rubíes.
Con la otoñal frescura

Nace la nueva hierba, y su verdura
La palidez de los rastrojos cubre.
Serena está la esfera cristalina,
Y hacia el rojo Occidente el Sol declina
En una hermosa tarde del octubre.
Filis, la pastorcilla soñadora,
Bella como la luz de la alborada,
Abandonando ahora
Su tranquila morada,
Va de las ninfas a la sacra gruta;
Y en vez de flores, por presente lleva
Un canastillo de olorosa fruta.
Con que a vencer la resistencia prueba
Que hacen a sus amores
Las Ninfas que en el suelo
A Cupidos traviesos y menores
Dan vida y ser contra el amor del Cielo.
No bien el antro con su planta huella,
Donde reinan las sombras y el reposo
Con terror religioso
Se estremece la tímida doncella.
Su presente coloca
De las silvestres Ninfas en el ara,
Y altas razones de prudencia rara,
Que pone el Numen en su fresca boca,
Con esmerada concisión declara:
«Ninfas, no os ofendáis de mi desvío;
No deis vuestro favor a los zagales
Que cautivar pretenden mi albedrío.
Son como los rosales,
Que lucen mucho en la estación florida
Y dan amarga fruta desabrida.
De su orgullosa mocedad el brío
Apetece y no ama;

Y con enojo en sus palabras leo
Que poética llama
Ni ennoblece ni ilustra su deseo;
Y que el conato que imprimió natura
En todo ser viviente,
No se acrisola allí ni se depura
Del Cielo con la luz resplandeciente.
Ya sé que los Cupidos,
Vuestros hijos queridos,
Dan a la tierra su virtud creadora;
Mas el amor, que en el Empíreo mora,
Esa misma virtud en ellos vierte,
Y difunde do quier su vida arcana,
Vencedora del mal y de la muerte.
Pues bien; la que se afana
Los misterios ocultos y supremos
Por saber de este Amor, ¿lograrlo puede
Con un zagal sencillo y sin doctrina?
Las que tesoro tal gozar queremos,
¿No es mejor que busquemos
Al varón sabio a quien el Dios concede
El vivo lampo de su luz divina?
Por esto, Ninfas, a mi Irenio adoro:
Como en arca sagrada,
Guarda dentro del alma inmaculada
Del Amor el tesoro;
Y arde su llama bajo el limpio hielo
Con que el tenaz trabajo de la mente
Corona ya su frente,
Como corona el cano Mongibelo.
Así Irenio recobra por la ciencia
Lo que roba del tiempo la inclemencia.
¡Cuánto zagal con incansable mano
Toca el rabel en vano

Por carecer de gracia y maestría;
Mientras que Irenio, con su blando tino
Y su plectro divino,
Produce encantadora melodía,
Y hace sentir al alma lo que quiere,
No bien la cuerda hiere!
Si el zagal inexperto
Persigue al perdigón en la carrera,
O le pierde o le coge medio muerto;
Mas la diestra certera
Pone Irenio prudente
En el oculto nido,
Do el pájaro reposa con descuido,
Y su pluma naciente
Sin destrozar, sus alas no fatiga,
Y le aprisiona al fin para su amiga.
Ni resplandece menos el ingenio
Del doctísimo Irenio
En componer cantares
Y en referir historias singulares.
Cuando me alcanza de la rama verde
La tierna nuez, la alloza delicada,
Elige lo mejor, sin tronchar nada.
Cuando algún corderillo se me pierde,
Él le busca y a casa me le lleva;
Y de continuo me regala y prueba
Su cariño sincero,
O haciendo con esmero
De los huesos de guinda
Ya un barquichuelo, ya una cesta linda,
O enseñando a sacar a mi jilguero
El alpiste menudo
De entre mis labios con su pico agudo.
Tan solo me perturba y me desvela

Que Irenio a veces con el alma vuela
Por donde de su amor terreno dudo,
Pero si Irenio de verdad me amara,
Mayor triunfo sería
El lograr la victoria,
No de pastoras de agraciada cara,
Sino de la poesía,
De la ciencia, del arte y de la gloria.»
Irenio a Filis, escondido, oía;
Y apareciendo y dándole un abrazo,
Dijo con modestísima dulzura:
«Este amoroso lazo,
Que labra mi ventura,
En vano, Filis, explicar pretendes
Con tus alambicadas discreciones.
¡Ay, candorosa Filis! ¿No comprendes
Que, a pesar del saber que en mí supones,
Amor no te infundiera
Tu rabadán si muy anciano fuera?
Cuando mi amor al del zagal prefieres
Por viejo no, por rabadán me quieres.»

Madrid, 1876

Libros a la carta

A la carta es un servicio especializado para

empresas,

librerías,

bibliotecas,

editoriales

y centros de enseñanza;

y permite confeccionar libros que, por su formato y concepción, sirven a los propósitos más específicos de estas instituciones.

Las empresas nos encargan ediciones personalizadas para marketing editorial o para regalos institucionales. Y los interesados solicitan, a título personal, ediciones antiguas, o no disponibles en el mercado; y las acompañan con notas y comentarios críticos.

Las ediciones tienen como apoyo un libro de estilo con todo tipo de referencias sobre los criterios de tratamiento tipográfico aplicados a nuestros libros que puede ser consultado en Linkgua-ediciones.com.

Linkgua edita por encargo diferentes versiones de una misma obra con distintos tratamientos ortotipográficos (actualizaciones de carácter divulgativo de un clásico, o versiones estrictamente fieles a la edición original de referencia).

Este servicio de ediciones a la carta le permitirá, si usted se dedica a la enseñanza, tener una forma de hacer pública su interpretación de un texto y, sobre una versión digitalizada «base», usted podrá introducir interpretaciones del texto fuente. Es un tópico que los profesores denuncien en clase los desmanes de una edición, o vayan comentando errores de interpretación de un texto y esta es una solución útil a esa necesidad del mundo académico.

Asimismo publicamos de manera sistemática, en un mismo catálogo, tesis doctorales y actas de congresos académicos, que son distribuidas a través de nuestra Web.

El servicio de «libros a la carta» funciona de dos formas.

1. Tenemos un fondo de libros digitalizados que usted puede personalizar en tiradas de al menos cinco ejemplares. Estas personalizaciones pueden ser de todo tipo: añadir notas de clase para uso de un grupo de estudiantes,

introducir logos corporativos para uso con fines de marketing empresarial, etc. etc.

2. Buscamos libros descatalogados de otras editoriales y los reeditamos en tiradas cortas a petición de un cliente.